U0896673

繁星
FanXing
ShuXi
书系

小巷深处

繁星书系

卓列兵 著

长江出版传媒 | 湖北教育出版社

图书在版编目（CIP）数据

小巷深处 / 卓列兵著. -- 武汉：湖北教育出版社，2023.12

（繁星书系）

ISBN 978-7-5564-4420-5

Ⅰ. ①小… Ⅱ. ①卓… Ⅲ. ①故事－作品集－中国－当代 Ⅳ. ①I247.81

中国版本图书馆CIP数据核字（2023）第222662号

小巷深处

XIAO XIANG SHEN CHU

作　　者　卓列兵
出 品 人　方　平
组稿策划　梅　倩
责任编辑　梅　倩
图画绘制　八猫重
整体设计　方格象
美术指导　李　枫
排版制作　知和阳光
责任校对　李庆华
责任督印　刘牧原

出版发行　长江出版传媒　430070　武汉市雄楚大道268号
　　　　　湖北教育出版社　430070　武汉市雄楚大道268号
经　　销　新华书店
网　　址　http://www.hbedup.com
印　　刷　湖北恒泰印务有限公司
地　　址　武汉市江夏庙山开发区汤逊湖工业园
开　　本　880mm × 1230mm 1/32
印　　张　5.5
字　　数　85千字
版　　次　2023年12月第1版
印　　次　2025年1月第3次印刷
书　　号　ISBN 978-7-5564-4420-5
定　　价　26.00元

序 小巷深处的吆喝声 / 1

1 糖人爷爷 / 7

2 蚕豆阿婆 / 15

3 红鼻子姜爷爷 / 27

4 水饺伯伯 / 39

5 海伢子 / 53

6 卖刷把的婆婆 / 65

7 姐姐 / 75

8 曹先生 / 89

9 戏院坤三 / 99

10 挑水的阿春 / 113

11 细妹 / 127

12 二海哥 / 140

13 更夫老王 / 149

14 故乡的年 / 159

序 小巷深处的吆喝声

我的故乡在洞庭湖畔、资江下游的一座具有湖乡特色的江南小镇，叫龙鳞镇。我家祖辈一直住在这座小镇上。

小镇虽小，但据县志记载，早在秦代便有建制，是座历史悠久的古城。至今在旧城里还残留着一段厚厚的用青砖垒成的古城墙，同它一起流传下来的，还有三国时期许多脍炙人口的传说和鲁肃堤、诸葛井、马良湖等诸多古迹。《三国志》里那个红脸长髯的风云人物关云长单刀赴会的故事，就发生在这里。在故乡东门口的资江边上，有一个用麻石砌成的渡口，就

是关云长当年渡河赴会的碧津渡。因此，过去在城里就有几座气势恢宏的关王庙，长年香火不断。

故乡就伴着那些动人的传说留在我童年的记忆里。绕城流过的玉带般清澈见底的资江，沿江蜿蜒近千米的麻石长街，傍河而建的高高的吊脚楼，河里停泊的从邵阳、新化、安化顺流而下的如舰艇般伟岸的毛板船，以及逶迤江面数十里的竹木排，还有麻石街上挨挨挤挤的店铺，经年香烟缭绕的九宫十八庙，如北京王府井、南京夫子庙般热闹的大码头。特别是每年正月十五闹元宵的五彩花灯，各色气势恢宏的民俗表演……这一切就像一部书页发黄的历史书，越翻越让人难忘。

故乡有太多令我怀念的地方。记得小时候，我最喜欢穿着有铁钉的木屐，在麻石街上跑来跑去，开心地听着铁钉敲击麻石发出的脆响，嗒，嗒，嗒嗒，那简直是最美妙的音乐。一有空，我就和小伙伴们结伴到清亮的资江河里洗澡、钓鱼，在码头边的石缝里捉螃蟹，看螃蟹咕嘟嘟地吐泡泡。但让我印象最深的，是那些纵横交错的小巷，以及小巷深处常年不断的吆喝声。

小镇、长街、深巷，许多商贩和手艺人穿行其间，时常响起各种吆喝声，成为故乡一串特有的音符，也成为故乡一道独特的风景。那些来自各行各业不同的吆喝，就如同戏剧的各个流派一样，均有着自己独特的音色与声调。它们有的高亢，有的悠扬，有的婉转，在小镇的“舞台”上，汇聚成一支具有地方特色和无限魅力的交响乐。在我的心中，它并不亚于贝多芬的《第九交响曲》。

谱写着这首乐曲的并非音乐大师，而都是普普通通的劳作者，他们也不想哗众取宠，不过是用他们独特的方式招揽顾客。因此，他们的吆喝一般都简洁鲜明，有的不过是两个字。

你听，一个黑脸黑手的汉子，一头挑着个带风箱的小火炉，一头挑着个装家什的竹筐，路过每个墙洞门口时，会突然吆喝一声：“补——锅——嘞——”原来是锅匠。

一个肩上挎着篾丝圈儿，手里提着个脏布袋的年轻人，把脑袋伸进墙洞里，猛地吆喝一句：“箍桶——”你要是没提防，会以为是个什么重物咕咚一声掉到了地上呢。

那挑着竹筐瓦钵的汉子老远就喊一声：“甜酒啵——”喜欢恶作剧的孩子就会一声接一声地跟着喊：“甜酒泼——甜酒泼——甜酒泼了啰！”

那走村串户的阉鸡客，只要吆喝一声："阉鸡呀——"好热闹的孩子就会蜂拥而至。只见阉鸡客把一只半大的雄鸡按在地上，拿出锋利的刀在鸡的大腿上方划出一道血口子，紧接着用竹弓子将口子撑开，再掏出一把钩子伸到里面，利索地钩出一颗带血的小圆球。完事后，那只鸡扑棱着翅膀从他的手下挣扎出来，惊魂未定地尖叫着跑了……

还有那位卖汤圆的中年男子，胖胖的，笑起来像庙里的欢喜罗汉。他晃悠悠地扛着带炉子的汤圆挑子，吆喝起来像唱歌一样："桂花糯米——汤圆啰——"听到那喊声，自然会想起在汤锅里上下翻腾的白生生、圆溜溜的汤圆，盛到碗里冒着腾腾热气，筷子点一下，涌出来软软的糖汁儿夹心，那香甜气味真让人心醉，喉咙里都快伸出手来了。

小时候我觉得最亲切的，是一位须发染霜的卖糯米丝糖的老爷爷。人还没出现，老远地就听到一声洪亮的吆喝："糯米——丝糖啰——"那声音就像他的糯米丝糖一样柔和圆润。随之，空气中就会飘溢着沁人心脾的糯米丝糖的甜味儿。于是，孩子们从各自的门洞里拥出来，里三层外三层，把老爷爷的摊子围得水泄不通。

炎热的夏日里，骄阳似火，空气沉闷。突然，从巷口的光亮里走来一位头顶荷叶的姑娘，脸上满是灿烂的笑容，臂弯里挎着一个竹篮，只听一声："菱角菱米噢——"那声音犹如荷塘的微风扑面而来，顿时驱走了身边的暑气。

再就是那个修伞的宁乡客，操着带鼻音的宁乡口音，一路吆喝着："顿洋伞——雨伞——么。"那抑扬顿挫的旋律、高低起伏的音调，更有了音乐的韵味。

那个肩扛凳子的磨刀汉子，在深巷里不时冒出一句："磨剪子嘞——抢菜刀——"以至后来看到京剧现代样板戏《红灯记》里的那个磨刀人，我便会联想起小巷里的磨刀汉子来，并无端地猜想着，小巷里的磨刀汉子会不会也是个地下工作者呢？

在众多的吆喝声中，最具特色的还是那位卖刷把的婆婆。她身材干瘪瘦小，但小小的身体却蕴藏着巨大的能量，她吆喝一句："买——刷把的——啵——呃！"竟可以响彻半个小镇。

在我的记忆里，小巷里的各种吆喝声，还夹着各具特色的音效，至今仍萦绕耳际。那卖糯米丝糖的老爷爷，就有一面碗口大的锣，敲一下会发出脆脆的声音：铛铛，铛铛，就像京剧中丑角登场时敲打的乐器。听到那铛铛声，我自然想起那嘈杂的有着高高木墩凳的五芝园戏院，想起那些在台上表演的红脸、黑脸、白脸，还有那逗人发笑的“三花鼻”。

修伞的宁乡客手里有一串前后重叠的铜片，挥一下，就发出哗哗哗的脆响，让人产生数银元的快意。

每当夜幕降临，在小巷那空旷的夜空中，不时还会响起卖水饺的梆声，“梆——梆梆——”听起来那么古朴，那么遥远，又那么亲切。卖水饺的是位白白净净，像书生一样的伯伯。他做的水饺，鲜得能让人想把舌头都咽到肚子里。听见那梆声，想着那美味的水饺，我会馋得流口水，枕头湿一大片。

故乡小巷的吆喝声，让我神往。虽然过去了几十年，它却像一首隽永的乐曲，长留在我的心灵深处，常常勾起我无限的乡思。

近年来，为打造旅游之乡，有关部门在街道之上，着手修复当年的明清古巷。我走在历史悠久的古巷里，记忆依然停留在20世纪40年代的童年时光，让我终生难忘的那些人、那些事，随着风尘从小巷深处缓缓走来……

1 糖人爷爷

那时小镇上有各种各样的小吃，但我最喜欢的是糖人。丁零零，丁零零……隔老远我们就知道，糖人挑子来了。

捏糖人的是一个年近花甲的老头儿。我们都叫他“糖人爷爷”。

他佝偻着背，古铜色的脸上，前额、眼角、鼻翼，全镶满了密密的皱纹。一双细眼睛嵌在深深的眼窝里，但明亮有神。下巴上一撮花白的山羊胡子，像搽过油一样光亮。

他那双大手，像松树皮一样粗糙，手指头又粗又短，

关节也是僵硬的。可让人想不到的是，那双手捏起糖人来，竟像姑娘的手一样灵巧。

你看，他从糖盆里拿出一团烤得松软的糖，一边在左手掌心里不断捏着，一边嘟着嘴巴朝掌心里吹着气，白胡子一翘一翘的。

他的动作熟练极了。只见他一会儿捏，一会儿挑，一会儿剪。三下两下，哈，真神！一个活脱脱的糖公鸡就站在了他的手心里。

糖人爷爷总喜欢边摇着小铜铃，边摇头晃脑地念着自编的词儿。我们一大帮孩子拖拖拉拉地跟在他的身后，跟着他唱。每当这时候，他也会像个孩子一样，乐得眼睛眯成一条缝儿。

唱着唱着，他还会瞅空儿，然后突然伸出油腻腻的指头捏住我们其中一个的鼻子哞哞学牛叫。起初，大家还小心提防着他，后来发现被他捏住鼻子并不是一件坏事。因为小鼻头上可以留下一股糖味儿，吸一口气都甜丝丝的。再后来，我们都羡慕被他捏过鼻子的小伙伴，有时会故意挨着糖人爷爷，希望被他捏。

只要糖人爷爷出现在小镇上，小镇上就充满了欢声笑语。他像磁石一样，把小朋友们吸引在他的周围。

我和我的伙伴们，常常被妈妈拎着耳朵，从糖人挑子下拖出来。糖人爷爷看到我们的狼狈相，总是冲我们呵呵地笑，笑得白胡子一抖一抖的。

糖人爷爷的手真巧，不一会儿，挑子上就插满了各种糖人，有腆着肚子的猪八戒，有手拿金箍棒的孙悟空，还有各式各样的小动物。望着挑子上那琳琅满目的小糖人，我羡慕得跟什么似的。我多么希望有一个小糖人啊。可是我明白，就算是磨破嘴皮子，妈妈也不会给我一文钱的。她给别人洗衣服、纳鞋底，钱来得可不容易。

我失望地坐在街边的麻石阶上，双手撑着下巴，羡慕地望着手里拿着糖人的小伙伴。

隔壁二婶家的小兰，虽然只要了一文钱，只能买一只糖哨子，但她也很高兴。含着那个糖哨子，甩着步子走过来。

我羡慕极了，悄悄跟过去，手伸到口袋里摸了摸那张香烟画片。那是在绸缎庄当学徒的春生哥给我的，画片上是一个大花脸，别人说是桃园三结义的张飞。平常给好朋友看，我都要自己捏在手里，怕别人的手把画片弄脏。但这会儿我还是忍痛拿了出来。

我故意凑上去问："小兰，你喜欢画片吗？是张飞呢，只要你让我吹一下糖哨子，我就送给你，好不好？"

小兰看也不看，她也许对张飞没有一点儿兴趣。我紧张地盯着她的脸，又说："就给我吹一下，行不？"

小兰迟疑了一会儿，望了望我的眼睛，终于开口了："好吧，让你吹一下。"我刚伸手去接，小兰又把手缩回去，补充了一句："只是你要答应我，只准吹，不准用舌头舔。"

我鸡啄米一样连连点头，只要让我吹一下，我当然什么条件都答应。我从小兰手里郑重地接过糖哨子，真的只吹了一下，但我把吃奶的力气都用上了。嘿，好响！好响！耳朵都震得发麻。

不过，我吹的时候，还是忍不住用舌头偷偷舔了一下。啊，真甜！好久好久，我的舌尖上都有股香香甜甜的味道。我用舌头舔舔嘴唇，哟，嘴巴也甜了，一直甜到心里。

那天回到家里，不管妈妈怎么死拉活拽，我硬是不肯洗脸。妈妈哪里知道，我是怕洗掉了嘴巴上的甜味儿呀。

有一天，小兰悄悄告诉我，有铜板也可以换糖人。

真的吗？我不敢相信，心里又燃起了新的希望。回到家里，我翻箱倒柜地搜索着，希望找到一个铜板，可最后只找到一个中间有个方孔的小小的铜钱。虽然小点儿，又泛着绿，但我想，它毕竟是铜的，算是一个小铜钱吧，也许糖人爷爷会要的。

我充满希望地找到糖人挑子，郑重其事地递上那个小铜钱。糖人爷爷接过钱，放在粗糙的手掌里看了又看。我有点儿紧张地望着糖人爷爷那双眯成缝的眼睛，可最后糖人爷爷还是摇了摇头，退还给了我。

怎么？这难道不是铜钱？我怕他不相信，弯下腰，用铜钱在麻石上狠狠地划了几下，然后指着麻石上黄色的划痕，让糖人爷爷看："您看哪，这是铜钱呀！"

糖人爷爷摇晃着脑袋说了一句："太小啦！"

我的心往下一沉，满心的欢喜烟消云散。我伤心地坐在台阶上，只觉得鼻子一阵发酸，我害怕自己会流泪，把脑袋深深地埋在双膝间。

突然，我觉得耳边痒痒的。抬头一看，不知什么时候糖人爷爷走过来了，正俯身看着我，翘起的白胡子扫在我的脸上。

"怎么？水笑[①]啦？"他轻轻地问我，还慈祥地笑着。我不好意思说话，他还想说什么，但挑子边传来买糖人的喊声，他只好站起身，招呼生意去了。

---

① 水笑：方言，哭的意思。

买糖人的是镇上商会会长的小少爷，长得瘦筋巴骨的，我们平常都喊他“咸萝卜”。

他买了一个孙悟空，大摇大摆地走到我面前，嘻嘻地笑着：“嘿，掉金豆儿了？哈，是想糖人吧。”我转过身，懒得理他。

“想不想要？”咸萝卜举着糖人挑逗地说，“叫我一声大爷，我就白给你，怎么样？”

妈妈常对我说：“人穷志不短。”我哪里能忍受这样的侮辱。我刷地站起来，朝他吼道：“谁稀罕你的臭糖人。”

他还是嬉皮笑脸地说：“臭糖人吗？你闻闻，好香的哩！”说着把糖人伸到我的鼻子底下。

我火起来，猛地扬了扬拳头。他以为我要打架，惊得往后一退，不知糖人撞到哪里，孙悟空的金箍棒被碰断了。咸萝卜先是一愣，接着冲过来，抓住我的衣领，嚷着：“你赔，你赔！你赔我的糖人！”

我毫不示弱地说：“谁弄坏你的糖人了？”

“噢，不要打架。”糖人爷爷看我们快打起来了，连忙跑过来把我们拉开。

咸萝卜像个好斗的小公鸡，又气势汹汹地冲上来。

糖人爷爷把身子一横，站在我们中间。他看了看咸萝卜手里的糖人，说：“别吵了，我给你补好。”

“不要补，我要新的，少爷我有钱。”咸萝卜说着，把手里的糖人朝我脚下一摔，啪，孙悟空变成了满地碎糖片。

我一愣，一个多好的糖人啊，我望着地上的糖渣心都痛了。

咸萝卜却大咧咧地从口袋里抽出一张崭新的钞票，朝糖人挑子上扔过去：“再买一个孙悟空。”

可老半天没有回应。

我抬头一看，这是怎么了？只见糖人爷爷蹲在地上，双手颤抖着在捡地上的糖渣。

“不要了，给你钱。”咸萝卜站在糖人挑子边不耐烦地喊。

糖人爷爷抬起头望着他，脸色严峻，腮帮子都鼓了起来。他一反平常慈祥和蔼的神态，凶巴巴地冲咸萝卜嚷着：“不卖了！不卖了！”

我从没见糖人爷爷发过火。那张崭新的钞票也被他拂到地上。

咸萝卜以为他嫌少，又从口袋里抽出几张钞票递过去：“够不够？还要不要？”

糖人爷爷的脸涨得通红，白胡子一抖一抖的：“不卖就是不卖，就是搬座金山来，我也不卖。”

我怔怔地望着糖人爷爷，糖人爷爷却转过脸，拉着我的手说：“孩子，你喜欢哪一个？挑吧！”

我嗫嚅着，慌忙往后退：“不……不……”我知道我口袋里那枚泛着铜绿的小小铜钱买不起那些糖人。

糖人爷爷似乎看出了我的心思，怜爱地说：“傻孩子，爷爷不收你的钱。爷爷送给你的。”

啊！不要钱。我惊呆了。

糖人爷爷转身抽出一个老寿星，一把塞到我手里，又瞟了一眼目瞪口呆的会长少爷。

然后他收拾挑子走了。这一次，他例外地没摇那个小铜铃，也没唱那首自编的歌。

我看着手里的糖人老寿星发呆。这时，我才发现这个慈眉善目的老寿星多像糖人爷爷哪。我站在那里，望着糖人爷爷，直到他颤颤悠悠的背影消失在小巷，我才记起自己连谢谢也没说一声呢！

② 蚕豆阿婆

小镇坐落在资江与洞庭湖交汇处，是山区通往湖区的物资集散地。地方虽小，却很热闹，江边经常泊满了大的毛板船、小的乌篷船，还有绵延数十里的竹木排，耸立的桅杆密得就像树林子一样。

傍河蜿蜒的麻石街上，有卖绸缎布匹、土产日杂的各类店铺，但孩子们最感兴趣的，还是那些炒坊。炒坊其实很简陋：一间不宽的门面，进门的地方砌个烧柴的四方桶灶，上面架一口比洗澡盆还大的铁皮锅，锅里盛着黑油油的炒砂。店主们一天到晚把一麻袋一麻袋的蚕豆呀，花生呀，瓜子呀什么的，放到锅里，烧起大火，抡着大锅铲，光着膀子烟熏火燎地翻炒着。炒好的货就堆在临街门面支起的大大小小的篾盘子里。远远看去，黄澄澄的花生、红褐褐的蚕豆、绿莹莹的绿豆，像是田野里开放的各色花朵。小小的炒坊就这样招揽着远从邵阳、新化、安化来的排牯佬[①]、船老板，北上武汉、上海的船客们只要在小镇上落脚，也会称上几斤炒货，打发寂寞的旅途。

炒坊从早到晚，灶不熄，火不灭。每天，从炒坊里飘出的脆香味儿，常常弥漫着半条街，馋得小娃儿鼻子痒痒，口水直流。

我家对面就有一间这样的炒坊。店主是位上了年纪的阿婆。她身材矮小，头顶挽一个发髻，鼻翼和眼角堆满了核桃壳一样的皱纹，一双不大的眼睛充满了忧郁，有种饱经沧桑的感觉。她经常穿一套宽大的蓝裤褂，已经洗得有些发白，看上去就像她的炒坊一样，总是灰扑扑的。

我们都叫她“蚕豆阿婆”，也不知为什么，她的腿一条长一条短，走起路来一晃一摇的，像是在荡渡船。我没见过她的丈夫，只知道她家里有个儿子，算起来

---

① 排牯佬：用竹木排运输物资的人。

当时有 40 岁的年纪，生着李逵一样的胡子。他看上去傻傻的，整天木着一张脸，像是谁借了他的胀谷还了他瘪谷一样。

他一天到晚都坐在灶底下，低着头往灶膛里添柴火。有时灶膛里满是浓烟，他还是不紧不慢地添着，熏得蚕豆阿婆粗喉大嗓地吼：“你熏野猫子呀！”说着跳过去抢过他手里的火钳，利索地把灶膛掏空，火腾地旺起来。她那傻儿子没知觉一样，既不挪动也不还嘴。我们平常也很少听到他说话，以至于许多人都以为他是个哑巴。其实，他不聋也不哑。

蚕豆阿婆的炒坊是我们几个小伙伴经常光顾的地方。那时，我的那些小伙伴也大多是些穷孩子。我们都很少见到饼干、糖果之类的零食，蚕豆、花生对我们来说，算是最奢侈的食品了。

我常常禁不住炒坊的诱惑，牙齿缝里会渗出口水来。好不容易才从妈妈那讨到一个从贴身口袋里掏出的铜板，我欣喜雀跃，揣着那个还留着妈妈体温的铜板，迫不及待地飞跑到对面的炒坊里，恋恋不舍地掏出那个铜板，然后从蚕豆阿婆手里换来一把同样温热的炒蚕豆。我选了一处僻静地方，很惬意地坐下来，从口袋里抓出蚕豆，一粒粒剥开，剥出两瓣金黄的豆瓣儿，丢到嘴里，嘎嘣嘎嘣有滋有味地嚼着，不紧不慢地体会着一种满足。

鼻子灵敏的小伙伴，很快就像被磁石吸引的铁屑一样，团团地围住我，一个个朝我涎笑着，然后，伸出一只只脏兮兮的小手，低声地恳求着："来一粒吧！来一粒吧！"我当然不愿辜负自己的好朋友，总是慷慨地在每个手心里放上一颗蚕豆，那骄傲的神态就像是皇帝在施舍他的臣子。当然，小伙伴们也会搜肠刮肚地说着各种奉承话，直到我的口袋翻了过来，大家才停下，然后一窝蜂地跑到河边的吊脚楼下疯玩起来。我们嬉闹着，要不围着吊脚楼的柱子捉迷藏，要不就到码头边的石缝里捉螃蟹。

我至今还记得吃过蚕豆后满嘴留下的芳香。可惜的是能够得到一枚铜板的机会实在太少，我只能盼着每年春天的桃花汛。

那时小镇上流传着一句俗话：资江河里有个鬼，三点麻雨子涨河水。

原来，每当春天雨季来临，资江上游就会涨"桃花水"，洞庭湖泄水受阻，河水往往会漫上小镇的街道。那时，大人怕涨水，孩子却盼涨水。汛期来了，大人脸上布满愁云，我们孩子却像过节一样，成群结队地跑到河边的码头上去看大水，数着水面上还剩几级台阶，恨不得那大水一夜就能涨到街上来。

等到河水漫上街道，我们这些小孩子就把裤腿一直挽到了大腿根，从街这头蹚过去，又从街那头蹚回来，蹚得雪白的水花四处飞溅。我们还不时地打起水仗，直到个个淋得像落汤鸡，头发梢滴着水，身上没了一丝干纱，才被各自的妈妈老鹰抓小鸡一样逮回去，老老实实地跪在地板上。晚上洗脚，才发现小脚丫已经被泡得红肿，像是滴了蜡烛油一样。当然，都少不了一顿严厉的教训，有的还会被棍棒伺候。

不过，街上的水再深一点儿，街面上就只能看见小划子了。我们则会乐得拍着手唱："河里涨大水，街上划龙船。"那时，我们只能待在各自的木楼上。但是，祸兮福所倚，虽然没地方可玩，但我每天可以幸运地吃上炒蚕豆了。

因为那时，我们家兄弟姐妹多。这么多活蹦乱跳惯了的孩子被关在楼上，就像笼子里关了群好斗的小动物，何况楼下就是无情的洪水，做父母的总是担着一份心。于是，有心思的老祖母就会在涨水前到蚕豆阿婆的炒坊里买一把炒蚕豆，像收私房钱一样藏得严严实实。到了河水逼我们上楼的时候，老祖母就像变戏法一样，不知从什么地方拿出个布口袋，从口袋里掏出炒蚕豆，每天不多不少，一个人发二十颗，让我们去打发那难熬的光阴。

我们口袋里揣着那二十颗蚕豆，你望着我，我望着你，就是馋得口水直流，谁也舍不得先吃。后来，实在抵挡不住那条馋虫，我们几个通过协议，做出庄重的决定：一起开始吃蚕豆。大家同时喊“一、二、三”，就从口袋里掏出一颗咧着嘴儿的蚕豆来。尽管喉咙里已经伸出一只手来，可还是舍不得一下就吃，只是把蚕豆放在手心里看着。我们就这样欣赏着，好像手心里揣的是一颗价值连城的宝石。后来，终于忍不住了，我才下狠心剥去那脆脆的壳儿，露出淡黄色的蚕豆肉，但怎么也舍不得囫囵丢进嘴里。我把蚕豆小心地掰成两半，然后捏着半颗蚕豆放进嘴里一点儿一点儿地嚼起来。照这样的吃法儿，二十颗蚕豆足足可以对付一天，可是没了那种狼吞虎咽的痛快劲儿，也就失去了那满嘴的脆香味儿。

那时，我们有事没事就喜欢到蚕豆阿婆的炒坊前转悠转悠。不光是去闻闻那诱人的不要钱的香味儿，还有着不可告人的目的。聪明的蚕豆阿婆当然心知肚明。所以，她一边站在锅台边使劲挥动着大铲子，一边不得不分着神儿，不时地用眼角警惕地瞄着我们，提防我们的“突然袭击”。可我们都鬼精灵得很，只要她稍不留意，就冷不丁地伸出一只小手，在盘子里迅猛地抓上一把蚕豆就跑。等蚕豆阿婆回过神来，摇摇晃晃地赶到门前，连鸟铳也打不到人了。她无可奈何，只得对着空旷的街道骂起来：“小贼崽子！”

我们其余的人当然不服气，大家会一窝蜂围上去，挺起小胸脯理直气壮地质问她：“你骂谁？你骂谁？”

“谁顶嘴骂谁！”蚕豆阿婆大声扔过来一句，这一招也真够厉害，我们个个噤若寒蝉。总不能往自己身上揽贼名啊。可她那有点儿瘪的嘴巴，还在嚅动着，不知骂些什么。我们却奈何不得。

好可恨的蚕豆阿婆！我们气不打一处来。不就是几颗破蚕豆吗？又没挖你的祖坟，还值得咬牙切齿地咒骂吗？我们几个商量了一阵，决定想个法子治治她。

那一天，我们几个不敢近也不敢远地对着炒坊，一字排开，扯着嗓子唱起我们自编的儿歌：“跛子跛，跛上街，跛到街上卖韭菜，韭菜没人要，气得跛子哇哇叫……”

蚕豆阿婆果真气得脸色铁青，顺手抄起竹扫把就来赶我们。我们像浑水里的泥鳅，一忽儿没了影儿。

只等蚕豆阿婆进了屋，我们又会故伎重演，不远不近地一字排开，大声唱起来："跛子跛，跛上街……"一直唱得脖子上青筋突起，喉咙冒烟。

蚕豆阿婆审时度势，也改变了策略，她不再追赶，只是咬牙切齿地说道："小贼崽子，不得好死的。"见她不来追赶，我们喊着喊着也觉着索然无味了，只得悄然撤退。

可是，事情并没完结。有天，老祖母从炒坊回来，垮着脸气势汹汹地冲我嚷："你真是个角色呀，老班子你也敢骂？真是没大没小的家伙！你再骂人，看我不把你的嘴巴缝起来！"我知道了，讨厌的蚕豆阿婆告了我的状。

幸好老祖母只是样子吓人，没真的缝我的嘴巴，可还是揪着我的耳朵，罚我在堂屋里跪了一炷香的工夫。惹得小伙伴们挤在屋门口，像看猴把戏一样。我又羞又恼，恨不得找条地缝钻进去。好几天耳朵根子还火烧火燎地痛。

受了这等奇耻大辱，我当然不甘心，谋划报复蚕豆阿婆。那时正是夏天，附近农村瓜农的西瓜挑子压断了街，卖不完的西瓜堆在街沿上发烂发臭。我突发奇想，捡了个不大不小的烂西瓜，在上面挖个洞，悄悄往里撒了泡屎，再用烂泥巴封起来，做成一个“地雷”。我心里暗暗得意，哼，谁让你告状，叫你尝尝“臭地雷”的滋味。

炒坊门口堆满了竹筐、篾丝箩，那是些天然的掩体。我抱着“臭地雷”，躲在竹筐后面，往炒坊里窥探着。里面一切正常，蚕豆阿婆正在灶台前挥动着大铲子，一件青色褂子汗滋滋地贴在她瘦骨伶仃的身上，褂子上布满地图样的汗渍。她的傻儿子正猫着腰低头烧火，暗红的火焰映照着那张毫无表情的脸。我趁他们不注意，顺手把“臭地雷”和着我满腔的怨恨一下扔过去，只听一声闷响，紧接着是一声尖叫。

我来不及欣赏蚕豆阿婆的狼狈模样，赶忙撒腿就跑。哪知报应来得这么快，我的一只脚被箩索[①]绊住，啪的一下，结结实实摔在地上。我只觉得额头像被人重重地打了一棒子，脑袋里像钻进了一窝蜜蜂似的嗡嗡地响，两眼冒着金星。

我刚吃力地从地上爬起来，却被一只手按回了地上：“小贼崽子，看你往哪里跑？”我一听是蚕豆阿婆的声音，心想这下完了，被冤家逮住了。我本能地闭

---

① 箩索：拴在箩筐上的绳索。

上眼睛等着挨揍。

“又是你呀。”蚕豆阿婆的拳头并没有落下来，她转过我的脸，突然一声惊叫，“啊，看你的额头，长出一个包哩！”

我这才感到额头火辣辣地痛。用手一摸，哎呀，额头上竟长出了个鸡蛋大的包，我捂着额头痛得嘴里咝咝地倒吸着气。

“走，到我屋里去！”蚕豆阿婆押着我往屋里走，这下真成了“俘虏”。我也没有心思再跑，只是垂头丧气地跟着她。唉！反正今天倒了八辈子霉，士可杀，不可侮，要杀要剐随便吧。

我跟到屋里，看见屋里一片狼藉，蚕豆阿婆的儿子正在收拾满地的烂西瓜，一股臭气直冲鼻子。看着我的“战果”，我却怎么也高兴不起来。我找了条凳子一屁股坐下，等待着蚕豆阿婆的审判。我故意装出一副死猪不怕开水烫的样子。嘿，有什么了不起，大不了是吃一顿“棒子烧肉”。

蚕豆阿婆并没问什么，只是看了看我的伤势，嘴里念叨着：“造孽呀，细皮嫩肉的。”然后她就满屋子忙乎起来，先是用冷水帮我洗了洗伤口，然后在额头上搽了些茶油，再从床底下掏出个鸡蛋装在一个小罐子里，盛满水后放在炉子上煮。

我傻傻地望着她，心里像揣着个小兔子，不知她究竟要干什么，也不知她到底会怎么处置我。

蚕豆阿婆看着我，絮絮叨叨地说："俗话说，人看幼小，马看蹄爪，小孩子从小要学好哩！"这会儿她一点儿不凶，眼角的皱纹里流露出慈爱之情。这倒让我想起了慈祥的外婆，眼眶莫名湿润了。

炉子上那小罐子里的开水在噗噗地响着，还冒出丝丝热气。蚕豆阿婆熟练地掏出煮熟的鸡蛋，丢到冷水里泡了一会儿，然后拿出来在灶沿上轻轻地磕了一个圈，灵巧地剥下壳，露出白生生、亮晃晃的蛋白来。她把鸡蛋放在手心里，嘟着嘴吹了吹，然后拉着我，小心地在我的额头上来回地滚着，一边滚一边说："一个蛮乖的伢子，要是破了相，就找不到婆娘了。"

我脸上一热，低下了头，我突然觉得那有点儿发烫的鸡蛋，就像小时候妈妈那双温软的手。有一次我撞了一下头，妈妈也是这样，轻轻地揉着。我感到额头上麻酥酥的，一阵暖意涌上心头，疼痛也随之减轻了许多。

我抬起头来，望着蚕豆阿婆镶嵌在核桃壳皱纹里的那双不大的眼睛，竟是那么和蔼可亲。我心里一颤，愧疚的泪水滚了出来。

蚕豆阿婆伸出粗糙的手掌，替我抹去眼泪，反而安慰我说："别哭，一会儿就不疼了，只伤了皮肉，不碍事的。"

做完这些，她又把我拉到屋里，揭开一口缸上草制的蒲团盖，缸里装满了金灿灿的蚕豆。然后蚕豆阿婆扯开我的衣服口袋，一把一把地往里装蚕豆。我一下蒙了，连忙捂紧口袋，讷讷地说："不，我不要！"蚕豆阿婆温柔地说："吃吧！不要钱的。唉，也怪我……"说着她竟抹起了眼泪。

多好的蚕豆阿婆！我一下子慌了神，心里像被什么东西堵住，突然想哭，又想说些什么。我几次张了张嘴，但终究什么也没有说出来。

3 红鼻子姜爷爷

小时候，我最怕剃头。

那时，我们小镇上仅有两家像样的理发店，门面是玻璃做的，墙上嵌着一面高高的大镜子。

当然，这样的地方只有有头有脸的财主老爷、老板少爷们，才有资格光顾。一般的小老百姓，就只能找剃头挑子了。

剃头挑子挺简单。一头是把有靠背的木凳子，靠背是活动的，带一个木撑，可调节高低，稍放平一点儿，用木撑一撑，就成了躺椅，修脸、刮胡子都很方便。木凳子下有两个小抽屉，什么刀子、剪子、梳子，剃头师傅用的家什全在里头。挑子的另一头是个带炉子的铁桶，上面搁一个脸盆。

剃头师傅一天到晚挑着挑子四处转悠，有人喊理发，放下挑子就开张。理完发挑起就走。

也不知从哪个时候传下的规矩，剃头师傅都蓄着一手长指甲。在我的眼里，那双手就像一双鹰爪般可怕。每次我极不情愿地坐上那把高高的木凳子，总像受刑一样胆战心惊。

那时卫生条件很差，一条脏得辨不出颜色的围裙，朝你的脖子上一围，就像一条蛇缠着你的脖子，冰凉凉、黏腻腻的，一股说不出的怪味儿直冲鼻子，让你有种想吐的感觉。一个黑乎乎的木盆，装着热腾腾的水，放在你面前。没容你弯下腰来，那双蓄着长指甲的手，像抓强盗一样，捉住你的脑袋，就往水盆里按。至于你透不透得过气来，剃头师傅是全然不管的。那个架势不像剃头，倒像杀猪。

好不容易熬过这一关，脑袋湿漉漉的，刚从盆里抬起来，来不及喘上一口气，剃头师傅就掏出剃刀来，扯着挑子上挂着的一块油光可鉴的荡刀布，上上下下，反反正正，沙沙沙沙飞快地在布上磨着刀。听到那磨刀声，就让人想起过年时的杀鸡宰鸭来，顿时觉得头皮一阵发凉。我来不及做出别的反应，亮晃晃的剃刀就从跟前一掠而过。

我赶紧闭上眼睛，只觉得脖子有点儿发软，脑袋本能地往衣领里缩。可马上就有两根手指拎着我的耳朵，漫不经心地往上一提，那富于伸缩性的脖子，就像橡皮条一样被拉得老长。接着，剃头师傅的大巴掌不失时机地掐住我的脑袋，长长的指甲扎进我的头皮，痛得我直冒冷汗。他却没事似的，好像他抓的并不是一颗有血有肉活生生的人脑袋，而是一个一文不值的烂西瓜。

头上顶着一把磨得发白的剃刀，谁还敢乱动弹。我唯一的反抗形式，就是杀猪般的号叫。

陪在一旁的妈妈，对我的悲惨遭遇竟漠不关心，反而助纣为虐地大声呵斥着："叫什么，又不是杀你！"

其实，那难受劲儿比挨杀好不到哪里去。每次剃完头，我都有种死里逃生的感觉。就连妈妈照例奖赏给我的豆沙饼嚼在嘴里也辨不出味道。

所以，每逢妈妈喊我剃头，我就像脚底抹油一样，溜得无影无踪，让妈妈满街呼喊着"我的小祖宗"。以至于我的头发常常长得像乱蓬蓬的茅草，跟女孩子都差不多了，可以编成小辫子。

幸亏后来镇上来了一个叫“姜待诏”的，我的境遇才算有了转机。

姜待诏是个胖胖的老头儿，脸儿圆圆的，像长着两只下巴，笑起来时嘴角两侧鼓鼓的。大约是脸上肥肉太多，挤得眼睛只剩一条缝儿，一对豆子眼可怜巴巴地藏在里头。最显眼的要数那红得发亮的大鼻子，活像一只红辣椒。上了年纪的人都叫他“红鼻子”，他一点儿也不恼。

红鼻子不喜欢挑着挑子四处串游。那副剃头挑子如同向我示威一样，总是格外刺眼地摆在街对面的屋檐下。我常常不得不像躲避瘟神一样，绕着它走。

那天，我一时疏忽，被妈妈一把抓住：“小祖宗，你照照镜子，头跟杂草堆一样了，快剃头去！”终于，我被押犯人一样，送到了红鼻子的剃头挑子前。

红鼻子生意清淡，仰着脸半躺在理发凳子上，眯缝着眼，惬意地掏着耳朵。

我一下被他手中那精巧的小竹筒吸引了。那是装挖耳的工具用的。黄澄澄的竹筒上镂着花，筒口还镶着一道银制的边，里面装着许多小玩意儿：长柄的银勺子、光滑的象牙签，还有带着毛球的小刷子……

红鼻子见我那狼狈不堪的样子，哈哈大笑起来：

“呵，这是唱的哪门子戏呀？”

他笑起来，嘴巴张得老大，一口至少可以吃十个豆沙饼。令人讨厌的是那满嘴的黄牙齿，看上去像三年没刷过的。

我没理他，只瞥了妈妈一眼，老老实实地坐上那把“久违”的凳子，一双眼睛滴溜溜跟着他那只红鼻子转。他的鼻子怎么会那么红呢？我常常因为淘气，耳朵被爸爸揪得通红。难道他有一个喜欢揪鼻子的爸爸？

我想象着：一个瘦巴巴的老头子，低着头，从老花眼镜的镜框上瞟着姜待诏，伸出干瘦的手指头，揪着那只红鼻子……那样子真滑稽，我忍不住笑起来。

“小家伙，你乐什么？”红鼻子正好打了盆热水，转过身来莫名其妙地望着我。

我没有回答，却盯上了他手里的那个盆。平常剃头挑子上用的都是木盆，只有理发店里才用印着花的洋瓷盆，而他用的是一个铜盆，擦得金黄锃亮，能照见人影。

他看我注意到他的铜盆，有几分得意地说：“这可是我祖上传下来的宝物呢。”

“噢，宝物？”

“对呀！”他神气得红鼻子都亮了起来，“听说呀，只要对它念上几句秘咒，你要什么，盆里就出现什么。”

真的？我瞪大眼睛，小心地摸着铜盆，想起了奶奶给我讲过的一个故事。说是有那么一只宝壶，只要提着它往桌上顿一顿，要什么就有什么。谁要是得到它，就会成为天下第一的富翁。

我冲着红鼻子嚷：“那你快念呀，看是不是真的？”

红鼻子却装出一副无可奈何的样子来：“唉，也真可惜，祖上给我传下了这个宝物，却忘了传下秘咒来。”

哼，骗人！我突然明白上当了。要不，你红鼻子还会给人剃头？

“东西是变不出来了，不过，谁用我这宝盆洗了头，谁就会成为世界上最聪明的人。”

我可不是三岁娃娃，谁会相信他的鬼话呢？

红鼻子见我不相信他的话，觉得索然无味，有点儿遗憾地说：“信不信由你。”

他顺手从上衣口袋里掏出一把剃刀来，在荡刀布上一下一下地荡着，那小心翼翼的神气，像是唯恐碰坏了什么稀世珍宝。

我望着他手里的剃刀，只觉得头皮阵阵发麻。我可是领教过那钝刀子割肉的滋味。用那种刀子剃头发就像砍木柴一样费劲，只听见沙沙响的声音，不见头发掉下来。剃过头三天，管保你头皮还火辣辣地痛。

剃刀磨好了，红鼻子走过来，像选西瓜一样拍拍我的脑袋，然后左看右看，似乎在鉴赏一件珍贵的宝物。大约是条件反射吧，我本能地把脑袋缩到了脖子里。

可他并没有拎着我的耳朵，只是轻轻地敲敲我的后脑勺，笑了笑："你还是只缩头乌龟呀！是怕我宰了你吗？"

我不好意思地伸了伸脖子，硬了硬头皮，闭上了眼睛。唉，反正是砧板上的肉，要杀要剐，也只能由他了。

可奇怪的是，红鼻子那双手竟是那样软和，那手指摸着头皮似乎还有弹性，让人觉得很舒服。他的剃刀也不像其他剃头匠的那样硬邦邦的。我一下子轻松了许多。

红鼻子是个很健谈的人。他一边剃头，一边跟我讲起了这小镇上的许多传说。

"别看我们这地方小，自古却是兵家必争之地呢。"

"真的？"我显得很有兴趣。

"当然喽，三国时期，鲁肃和诸葛亮都在这里屯过兵。你知道碧津渡吗？就在南门口那里。当年关云长，横枪跃马，单刀赴会，就是在碧津渡过的河。你不信到那里去看看，河岸边的石头上，至今还留有几个深深的马蹄印。河中间还有一块磨刀石，每年只有水枯的时候才露出来。当年，关云长就在那上面磨过他的青龙偃月刀……”

他还告诉我，现在城里还有一座关帝庙，那关帝菩萨就是关云长。他说得有声有色，仿佛当年他就在关云长的鞍前马后一般。他越说越来劲，横飞的唾沫细雨一样落在我的脸上。不过，在他的娓娓叙述中，我忘却了剃头的恐惧。

突然，“细雨”停了，头上也没了动静，我抬眼一望，早不见红鼻子的人影。

我四处张望，只见在不远处的屋檐下，围着一圈像我这般大的孩子，红鼻子正伸长脖子往圈子里瞧。

我忍不住，顶着“半边头”，好奇地跑过去，挤进人群里。人圈中间放着一个泥钵子，里面两只蟋蟀正张牙舞爪地较着劲。大家又叫又嚷地为它们鼓劲。红鼻子也手舞足蹈的，乐得像个孩子，那鼻子比平常更红更亮了。

这时，泥钵子里响起唧唧唧的叫声，那只头上有个白点儿的蟋蟀战胜了对手，正鼓着翅膀，竖着双须，奏起了凯歌，并把对手赶得沿着泥钵子边沿跑。

“哈，‘玉顶’胜利了！”有两个孩子跳起来，另两个却垂头丧气。

红鼻子分开众人，弯下腰去，顺手从泥钵子里抓出那条战败的“青龙”：“看我的，给他鼓点劲再斗。”

他把垂头丧气的青龙抓在左手掌里，用右拳敲着左腕，让青龙不停地弹起，落下，翻滚。这样十多个回合后，再把青龙往泥钵子里一丢。

那青龙像是红了眼，看见玉顶就发疯一样地咬。只三个回合，玉顶就抵挡不住，四处逃窜。青龙并不穷追猛赶，只是鼓动翅膀，洪亮地叫起来。

原先垂头丧气的孩子变得神气起来，那两个之前喜形于色的，立即像霜打的茄子，一下子蔫了，但是嘴上还不服输：“最先胜利的是我们！”

另一伙嚷着：“最后胜利的是我们。”

“先胜的算数，后胜的不算！”

“先胜的不算，后胜的算数！”

两伙人拉开架势，嗓门一个比一个大，闹得难分难解。

红鼻子却跑回剃头挑子，像变戏法一样，从最底下那层抽屉里，搬出一个青花小瓷钵，又兴冲冲地跑来，喊着：“来，跟我的‘虎头’战一盘！”

说着，他蹲在地上，摆开了架势。可那些孩子冲他做了个鬼脸，搬着泥钵子，如鸟兽散地跑了。

红鼻子摇摇头，说了一句："这些鬼孙子！"然后无可奈何地说："算了，我们还是去剃头。"

这下，他又有了新话题，他从怎样识别蟋蟀讲起，什么体态要头方体圆须直尾短，什么声音要短促洪亮，什么翅膀要乌黑发亮……他讲得头头是道，完全像个蟋蟀专家。难怪远远近近的孩子抓了蟋蟀，都要请他鉴定一番才放心。只要他摇头了，不管那蟋蟀样子多么可爱，抓它付出了多少力气，谁都会随手一扔，毫不可惜。

我也是个蟋蟀迷，这下算找到了知己，我俩谈得十分投机。等到他从我脖子上解下围裙，抖得呼啦一响，我才大吃一惊："啊，这就剃完了？"

"呵，还嫌不过瘾啊。"红鼻子笑着，眼睛眯成了一条线。

我伸手摸摸脑袋，光溜溜的。这是我平生第一次感到剃头并不是一份苦差事。

这时，我看到他那小巧玲珑的竹筒，央求说："姜爷爷，给我挖耳朵吧！"

"呃——小孩子不能挖耳朵！"他摇着头，又点了点我的鼻子，“要挖聋了耳朵，就讨不到老婆啰。”

我脸上一阵发烫，回了他一句：“坏红鼻子！”

他也不恼，反而亲热地对我说：“来，我给你翻翻皮，翻了就肯长。”

说着，他拉我伏在他的膝头上，掀起我的衣服，露出光脊背，然后伸出那双很软的手，在我的肩胛处拍了拍，用指头捏起肉皮，波浪一样从上到下翻卷着，我觉得全身麻酥酥的，每个骨节眼里都像灌了油一样舒坦。

后来我才知道，红鼻子的绝招还真不少，谁睡觉不小心扭了脖子，耳朵里飞进了小虫子，眼睫毛长到了眼睛里，脚板底下生了鸡眼，他都能手到病除。

有次吃鱼，我嘴太馋，一根鱼刺卡在喉咙里，用了好多方法也不顶用，一家人急得没有办法，亏得有人提醒去找红鼻子。

他让人捉来一只鸭子，提着鸭腿倒吊着，鸭子急得嘎嘎地叫个不停，扁嘴巴里流出长长的涎水，他接了小半碗，让我喝下去，我望着碗里又脏又腥的鸭子口水，死也不肯喝。

红鼻子二话没说，跟妈妈一起抓住我，捏着我的鼻子就灌。那恶心的味道让人想把肠子都吐出来。我一边骂着“坏红鼻子”，一边哇哇地吐。也奇怪，过了一阵，喉咙里的鱼刺竟不知去向，我这才觉得对不起他。

红鼻子却大咧咧地一笑：“大人不记小人过。”

从此，我喜欢上了红鼻子姜爷爷，也喜欢上了剃头，剃头必定要找他。

可好景不长，第二年夏天，就见不到姜爷爷的剃头挑子了。我头发留了老长也没理。一天，我问妈妈：“剃头的红鼻子姜爷爷呢？”

妈妈叹了一口气，说：“好人命不长啊！”

原来，姜爷爷一次挑剃头挑子过桥的时候，掉到河里了。

姜爷爷什么都会，就是不会游泳。我顿时心里空落落的。

4 水饺伯伯

小时候我最怕生病。

那时医疗卫生条件不好。我住的小镇上连座像样的医院都没有，只有药铺——那时叫国药局，有坐堂的郎中先生，看了病就在店里抓药。

我家穷，没钱请郎中先生看病，更没钱抓药。像我们这样的穷人家，小孩子生了病就只能用土办法治。我记得最清楚，也让我最害怕的是两种方法：一是扯痧，二是灌艾叶汤。

扯痧的滋味可真是痛苦。记得有一年夏天，我受了热，突然觉得肚子生疼，头上冒冷汗，还作呕。其实那是中暑了。可那时妈妈不知我得了什么急症，急得像热锅上的蚂蚁，满屋子乱转。隔壁的二婶看到了，说：“这是发痧呀！”妈妈瞪着眼不知怎么办。二婶自告奋勇：“来，我帮他扯痧。”我懵懵懂懂的，不知扯痧是怎么回事，只是服服帖帖地让二婶摆弄。

二婶让我伏在她的双膝上，她那浆洗过的裤腿上，散发着阳光的气息，更让我晕乎乎的。二婶吩咐妈妈端来一碗凉水，掀起我的衣服，先用凉水沾湿了皮肤，然后用两根手指紧紧夹住我背上的肉皮，突然猛地往上一扯，只听啪哒一声，我觉得像被人割了块肉一样钻心地痛，我忍不住尖叫一声，从二婶的双膝上弹了起来。

妈妈顺势按住我，像老鹰抓小鸡一样，让我动弹不得。二婶配合得也很默契，她用她那肉嘟嘟且有力的双膝紧紧夹住我，并且迅速腾出手来，又在我的背上抹点儿凉水，接着又伸出那双可怕的手，弯着两个指头又一下一下地揪着我的肉皮。

她那样无动于衷，好像揪的不是一块有血有肉的皮肤，而是一块无关紧要的破抹布。我只感到背上一阵火烧火燎的揪心疼痛，我像杀猪一样痛苦地大声号叫着，眼泪鼻涕全抹到了二婶的裤子上。

二婶也不理会。她俩对我全然没有怜悯之心，还是在我的背上从上往下地实施着她们的“酷刑”。直到我哭得声嘶力竭，她们这才罢休。二婶终于说了一句：“唉，好了，好了。”然后用凉水抹了抹我的后背，对妈妈啧啧地感叹道：“秋生娘，你看，都扯黑了，好重的痧！”然后两个人像欣赏艺术品一样，在我的背上指指点点。这时的我早已痛得麻木，连奶奶慰问我的芝麻饼，嚼在嘴里也没了滋味。

好多天以后，我还不能躺在床上睡觉，只能趴着，洗澡也不能用毛巾擦。自从尝到扯痧的滋味后，我再也不敢随便喊肚子疼了。

那时每到深秋，气温骤冷，小孩子难免会感冒发烧，这时候，妈妈又会用上她的第二个法宝。她抓一把端午时挂在壁上的艾叶放在沙罐子里，沙罐子里的热水咕嘟嘟地翻滚着，冒出白色的雾状水汽，很快，空气中弥漫着一股清苦味儿。

记得第一次喝那难闻的艾叶汤，我还只有三四岁，尝了一口后，苦得吐着舌头，死活不肯再喝第二口。奶奶在一旁好话说了一箩筐，我还是不张口，又是讨厌的二婶喊了一句：“捏着鼻子灌吧。”妈妈一使眼色，二婶还有哥哥立马围上来，一个按脚，一个抓手，一个捏鼻子。我使劲咬紧牙关，一副坚强不屈的样子。妈妈最后用筷子撬开我的牙齿，调羹舀着黑黑的苦水往下灌。我先是憋着气，可最终还是抵挡不住，刚张嘴想吸一口气，苦苦的艾叶水就咕嘟咕嘟地灌到了肚子里，我刚透一口气，第二勺接着就来了。直到灌完那一碗水，妈妈这才往我嘴里塞上一点儿红砂糖。嘴巴虽然甜了，心里还是苦苦的。

有了这样的痛苦经历，我从小就害怕生病，害怕妈妈治病的土办法。直到后来遇上了水饺伯伯，我才改变了主意。

记得那是“七岁八岁狗都嫌”的时候，已经立过秋了，听老一辈的人说，立秋下河要打摆子①的。我却不信邪，还背着妈妈下河游泳。这下真被老一辈的人言中了，不出三天，果真打起摆子来，一会儿热一会儿冷的，热起来打着赤膊还发烫，冷起来堆上几床棉被还直发抖。有人吓唬妈妈说：“摆子转伤寒，安置棺材板。”妈妈急得眼圈发红，可家里没钱看病，只能眼睁睁地看我受罪。

一直拖到秋分，我的病才慢慢好起来，可天天喝

---

① 打摆子：浑身颤抖，打哆嗦。

妈妈熬的稀粥，觉得没一点儿胃口，怎么也打不起精神，有时连坐起来的力气都没有。

有一天晚上，妈妈一边在煤油灯下纳着鞋底，一边跟串门来的二婶说着话。突然，从小巷的那一头传来一阵悠悠的竹梆声。开始我以为是打更的来了，可听了一会儿，只有梆声，没有锣响。我好奇地问妈妈：“谁在敲竹梆子呀？”

妈妈淡淡地说：“那是卖水饺的。”

那时候，水饺是个稀罕物。我一听是卖水饺的，口水立刻流出来，连连喊起来：“我要吃水饺！我要吃水饺！”

妈妈一听，愣了。自从我生病以来，一直胃口不好，从没有主动提出过要吃东西。妈妈脸上掠过一丝惊喜，但又倏地消失了。她眼帘向下垂着，对我说：“乖，水饺不好吃，我们不要噢！”

“不，不嘛！我要！”我连连哀求着，“我想吃水饺嘛。”

二婶有点儿过意不去了，也在一旁帮我说话：“秋生妈，孩子想吃，就让他开一回荤吧！”

“一碗水饺要花一天的米钱哩。”妈妈说着，背过去，扯着衣襟按着眼窝。那时候爸爸失业，好像八根箩索断了七根，家里的钱都是一个子儿掰作两半花。

看妈妈流泪，我不敢再坚持，只是觉得委屈，强忍着没让眼泪滚下来。

二婶默不作声，悄悄地开门走了。屋里剩下我们娘儿俩，眼对眼望着，一片沉寂。

不一会儿，二婶满面笑容地走进屋，手里端着一只冒着热气的碗。她把碗放在我床前的矮桌上，我伸长脖子望一眼，呀！是一碗水饺。黄亮亮的肉汤里，挤挤挨挨地躺着白玉似的水饺，上面漂着碧绿的葱花，散发出一股诱人的香气。我简直惊呆了，眼珠子都差点儿掉进碗里。

妈妈不好意思地对二婶说："怎么能让你花费哩，你也不宽裕。"说着从贴肉的衣袋里掏出钱来，往二婶手里塞。二婶生气地说："你瞧不起人哪，这是我给小侄子吃的。"然后转过脸，笑容可掬地对我说："吃呀！算是二婶请你的客。"不知为什么，以前对二婶的种种成见一下烟消云散。

妈妈在一旁，尴尬地搓着手。

我来不及说句客气话，端过水饺就吃起来。现在回想起来，那是我从娘肚子里出生以来，吃过的最美味的食物了。细嫩的饺皮滑腻腻的，没容我细细品味就一下滑进了喉咙里。接着舀起第二个水饺，我不敢再冒失地往口里送，只是放在嘴边，用舌尖舔了舔，然后用牙齿小心地咬开，原来里边还包着加了酱萝卜丁的肉馅，咬一口，只觉得满嘴都是鲜香味儿，连小舌头都要吞下去了。

我抬起头，看见妈妈和二婶正怔怔地望着我。我舀起一个水饺，送到妈妈面前："妈，你也吃一个。"妈妈的嘴巴动了动，摇着头说："我不吃，你吃。"我又送到二婶面前，二婶照样摇了摇头："二婶要吃自己再去买。"

就这样，我细细品尝了两个水饺后，馋劲儿就上来了，我实在没法抵挡碗里美味的诱惑，开始一个接一个往嘴里送，一碗水饺被狼吞虎咽地一扫而空。最后，我把碗里剩的汤也仰头倒进嘴里，还伸出舌头转着圈儿把碗舔得干干净净，这才心满意足地摸了摸鼓鼓的肚皮。

从那以后，我常常希望自己再生一场病，再像过年一样吃一碗水饺。

可世界上的事情就这样，你不想生病，病魔老缠着你；你想生病，病却躲得远远的。从那以后我一直没有生过病，也一直没有机会再吃水饺了。

不过，我经常会留意那个水饺伯伯。

水饺伯伯是位40多岁的汉子。他不像住在我们巷子里的那些人。我们巷子里住着炸碗糕的牛爹爹，帮毛铁匠打铁的坤憨子，码头上当箩脚子[①]的润保子，他们个个都黑黢黢的，而水饺伯伯长得白白净净、清清瘦瘦，样子斯文，再配上那身马褂，还真有点儿像云宝斋、同济堂的管账先生。

我白天很少看见水饺伯伯，只有每天夜幕降临以后，他才会从小巷深处走出来。人还没见到，老远就能听到那清脆的梆声，接着黑漆漆的巷子那头，出现一点儿亮光，就像天上的星星一样。亮点儿渐渐变大，接着就可以看到系着一条洗得发白的蓝围裙的水饺伯伯，他轻松地挑着饺担子，晃悠悠地走过来。饺担子是一对做工精致的木头笼子，用桐油刷得黄灿灿的。笼子一头是一个烧木炭的炉子，里面嵌着一个白铁皮做成的锅，锅中间隔开，一边是炖好的肉汤，一边是下水饺的开水。笼子另一头，铺着平整的木板，上面放置着装油、盐、葱花、辣椒、胡椒粉、酱油、香醋等调料的小钵子、小壶。下面还有两格抽屉，一格放

---

① 箩脚子：旧时对搬运工人的称呼。

着一摞洗得干干净净的碗和勺子，一格盛着已经包好的水饺。

水饺伯伯来到大街上，把饺担子放在当街的地方。他也不吆喝，只是一下一下轻轻地敲着挂在饺担子一侧的竹梆，“梆——梆梆——”清脆的竹梆声在夜空中飘荡着。饺担子最先吸引来的往往是一群夜不思归的小孩，我也夹在其中，不过我们只是参观者。

只见水饺伯伯从抽屉里抓出水饺，用小盘子盛着，然后揭开锅盖，把水饺倒进热腾腾的水里，盖上锅盖。接着从抽屉里拿出碗和勺子摆好，然后动作麻利地依次将油、盐、酱油放入碗中，再舀上一瓢肉汤，这时锅里的水饺已经在上下翻滚着。他用一只铁丝做成的漏瓢，捞起水里的水饺，放入碗内，再添上葱花、胡椒粉。一碗热腾腾的水饺就成了。顾客就坐在饺担子边上，津津有味地吃着。我们一个个看着，不停地咂着嘴巴，吞咽着口水。

在那群孩子中，我算是最幸运的。因为我毕竟吃过一碗水饺。因此，我常常会骄傲地跟小伙伴们讲起水饺的味道。

这一天，我正眉飞色舞地讲着第一次吃水饺的感受，冷不丁地从我身后传来一个声音：“哈，吃过一次有什么稀奇。我是天天吃一碗。”

我们扭头一看，原来是同济堂的小少爷，他从小患鼻炎，鼻子底下经常拖着两条绿色的鼻涕。因此，我们背后都叫他“粉老板”。

同济堂是小镇上有名的国药铺子，老板姓王，是个江西人。他为人刻薄，因此小镇上的人时常诅咒他说：“江西人开药铺，卖不完的自己吃。”这个粉老板是他三姨太生的，与我们是同班同学。我们读书的学校是江西会馆办的，同济堂的王老板还是学校董事会的董事。虽然粉老板成绩不好，但校长和老师都向着他。因此，我们这帮穷孩子都不喜欢他，也不愿跟他一起玩。

我们镇上的孩子，都喜欢抓蟋蟀，也常常围在一起斗蟋蟀。有一次我们正斗得高兴，粉老板来了。他手里拿着一个精致的小青花瓷钵，里面装着一只大蟋蟀。那是他家的伙计从一个蜈蚣洞里抓的。据说这种与蜈蚣或蛇共生的蟋蟀最为凶猛。我看见他来了，连忙跟大伙使了个眼色，小伙伴们马上收拾东西，一窝蜂地跑了。粉老板连连喊着：“喂，你们跑什么呀？”我回头跟他做了个鬼脸。他气得脸色发青，把青花瓷钵摔在地上，那只大蟋蟀也趁机逃走了。

从那以后，粉老板对我怀恨在心。看见我们围着饺担子，就神气地说："啊，你们想吃水饺吗？来呀！只要每人学一声狗叫，我就请客，一人一碗。"说着，他从口袋里抓出一大把钱来，往饺担子上一扔。我们正不知如何回答时，水饺伯伯却抢先顶了他一句："我看你只配做狗！"然后，抓起担子上的钱往地下一扔，"你找别处买吧！"

"你——"粉老板张口结舌，什么话也说不出来。

水饺伯伯却转身挑起了饺担子自顾自地走了，只留下一路清脆的梆声。我望着他远去的背影，觉得他越来越高大。

冬至后，妈妈生病了，因为没钱去看病，病越来越重，躺在床上起不来。一天晚上，她突然想吃东西，可家里什么也没有，我就想起水饺伯伯，于是从碗柜里拿了一个海碗，就往街上走，水饺伯伯的饺担子还在老地方，可生意十分清淡。

看我拿着碗，水饺伯伯连忙起身："要水饺吗？你自己吃？""不！妈妈病了，几天没吃东西了，想让她开开胃。""好孝顺的孩子！"水饺伯伯夸了我一句，就忙着下水饺，接着添汤、装碗、放葱花。等一切停当，才向我伸出手。我这才记起，因为心急忘记带钱了。再说，我也不知道家里还有没有钱。我伸手掏了掏空空的口袋，尴尬地站在那儿，小声地问水饺伯伯："记个账，行吗？"我看人家在小铺里买东西，没钱就记在水牌上。

水饺伯伯看看我，关切地说："没带钱不要紧。先端回去给妈妈吃吧，要不就凉了。"

我抬眼望望水饺伯伯，想起妈妈平常对我说的话，一动也不动。

水饺伯伯脸上露出慈祥的笑容，温和地说："不要紧的。要不我先给你记账吧？"然后他端起盛满水饺的海碗送到我手里。

我谢过水饺伯伯后，就端着那碗水饺回到家里。妈妈看到热气腾腾的水饺，吃了一惊："这是哪来的？"我回答说："在水饺伯伯那儿记的账。"

妈妈一听，脸色都变了："你撒谎，谁肯给你记账？是不是偷了人家的钱？"

我差点儿委屈得哭起来，大声说："我没偷钱，是记的账，不信，你去问水饺伯伯。"

可妈妈怎么也不吃，一定要让我退给水饺伯伯。

我只好哭着端着那碗水饺回到了饺担子前。

水饺伯伯满脸疑惑："怎么没吃？"

我抽泣着说："妈妈不信，说我是偷钱买的。"

水饺伯伯摸着我的头，安慰说："好孩子，别哭，妈妈也是为你好。来，我送你回去吧。"

水饺伯伯转身拜托别人看管饺担子，自己跟着我回到家里。

一进门，水饺伯伯就对妈妈说："你有一个孝顺的好儿子，这碗水饺就算我送你了。"

听了水饺伯伯说的话，妈妈感激地对水饺伯伯说："您是好人，您是好人哪。"

5 海伢子

他是我童年的朋友，叫海伢子。

他为什么叫海伢子，我不知道。其实，我们这地方隔海远着哩。河倒有一条，就是资江。资江从茫茫的雪峰山里流出来，经过九九八十一道弯，绕着古城，从我们祖祖辈辈居住的吊脚楼下流过去，一直流到远方的洞庭湖。

海伢子名字的由来，大约只有他爸爸才说得上来。因为名字是他爸爸起的。可在海伢子还不会讲话的时候，他的爸爸就走了——妈妈是这么告诉他的。

海伢子一天天长大，他好羡慕别的孩子都有爸爸。

一天，他受了别人的欺侮，抹着眼泪问妈妈：“我爸爸到哪里去了？怎么还不回来呀？”

妈妈愣了一下，眼神黯淡下来。她不敢看儿子的眼睛，只是低声地说：“你爸爸去了很远很远的地方。”

海伢子似懂非懂地问妈妈：“是远得回不来的地方不？”

妈妈“嗯”了一声，说完连忙转过身去，扯起衣襟使劲地按着眼窝。她怕自己会当着儿子的面哭出声来。

海伢子连忙吊着妈妈的脖子，问：“妈妈，你这是怎么了？”

妈妈抿了抿嘴唇，若无其事地说：“是沙子吹到了眼睛里。”

不懂事的海伢子抱着妈妈的胳膊使劲摇：“妈妈，我要爸爸，我要爸爸！”直到摇得妈妈的泪珠子簌簌往下滚。

妈妈终于按捺不住内心的悲伤，哽咽着说：“海伢子，你爸爸不会回来了。”接着，她搂着儿子放声痛哭起来，瘦削的双肩不住地颤抖着。海伢子害怕了，从此不敢再跟妈妈提起爸爸。

直到海伢子上了学，才知道爸爸是到另一个冥冥的世界去了。

这些事是乡下的姨娘告诉他的。

海伢子的爸爸是宝庆山里长大的，后来跟人合伙驾船，才落脚到这个小镇上。他的船每年要跑几趟汉口，每次都要经过风大浪急的洞庭湖。

每一次海伢子爸出门，海伢子妈就要到魏公庙去烧香。可不管海伢子妈多么虔诚，那一年海伢子爸还是没有回来。听人讲是在洞庭湖里遇着了顶头风，货船的桅杆折断了，船身被掀翻，他掉到湖里再也没起来。船老板雇人用排钩横拖竖拉地忙了整整一天，连尸首也没捞到。

那时海伢子还小，海伢子妈哭了三天三夜，眼睛差点儿哭瞎。从此，她的眼睛终日红肿，像熟透了的桃子，见风就流水——她自己说的，泪流干了，那只是水了。

没了男人就没了依靠，她觉得活不下去了。在一个月黑风高的晚上，她一狠心跳进了资江。幸好，一个打鱼的救了她。好心的左邻右舍劝她："你死不要紧，丢下个没娘崽怎么活？"她这才搂过懵懵懂懂的海伢子，一声崽一声肉地干号。此后，她再没动过轻生的念头，一直含辛茹苦，把儿子拉扯大。

海伢子就住在我家对门的小巷子里，每天早晨我总看见海伢子妈挑着沉重的担子走出来。精精瘦瘦长得跟猴子样的海伢子，趿着一双大鞋，踢踢踏踏地跟在她的身后。海伢子上身穿的是她妈妈的旧罩衫，又长又大，像裙子一样，正好遮住没穿裤子的光屁股。到了冬天，旧罩衫换成一件破棉袄，腰上紧紧束着一根草绳，也看不出穿没穿裤子，但露出的半截腿光着，冻得像红萝卜一样。可他却无所谓，照样在雪地里跑来跑去，只是嘴里经常发出嘶嘶的声音，像吃了辣椒一样。

镇上的婶婶、奶奶们见了海伢子，总是怜爱地叹着气："唉，可怜的没爹崽！"

我家奶奶格外疼他，老远见了他就会招呼："海伢子——来呀。"海伢子就会慢慢走过来，一双机灵的大眼睛，从人们脸上扫过。奶奶从自己的口袋里掏出一把吃的东西，塞到他的口袋里。他并不推辞，只是露出两颗雪白的虎牙，冲着奶奶嘿嘿地笑。

海伢子正好跟我一个班。他穿的衣服总是长长短短，要么袖子长得像唱戏的水袖，要么上衣短得露出肚脐眼。那都是左邻右舍可怜他，送的旧衣服，大人说他穿的是"百家衣"。

可能是从小浪荡惯了，也可能是缺乏父爱而形成的一种本能，海伢子天不怕地不怕的。谁要欺负他，他就捏着拳头跟谁打架。

海伢子打架是出名的不要命，就是比他高出一个头的孩子，他也敢对着打，即使打不过，他咬也要咬一口。因此大家都有些怕他。

但他从不欺压人，还好打抱不平。有次我在堤坡上放风筝，一个大孩子仗着个子大，欺负个子小的，硬把风筝抢跑了。我胆子小，只有哭的份儿。海伢子看见了，两眼瞪得溜圆，“呀——”的一声冲上去，一头撞在大孩子的肚子上。大孩子没提防，摔了个仰八叉，骨碌碌滚到堤坡下，恼羞成怒地爬起来，想要打架。海伢子一点儿不怕，捡起一个碗大的鹅卵石迎上去。那孩子倒先怯了阵，转过身就跑了。从那以后，我和海伢子成了好朋友。

我们上的小学是由水府庙改建的，因为年岁太小，已经没了多少记忆。只依稀记得学校的礼堂就是原来佛殿的大殿，香案前立了一堵木板壁，把我们与菩萨隔离开。因此，虽然在那里读了几年书，但我们从没见过那菩萨的尊颜。在大殿旁边有间黑屋子，里面黑咕隆咚的，没人敢进去。老师曾经吓唬我们，谁不听话，就把谁关进黑屋子。

一天，班上的几个同学在礼堂里议论，谁敢到木板壁后面去，谁的胆子就最大，可没一个人敢。有人怂恿海伢子说："海伢子，你敢不敢进去，有胆量就摸摸菩萨的脸。"

听大人说，菩萨是摸不得的，谁惹了菩萨，谁就会肚子痛。还说有小孩对着菩萨撒了尿，屁股都烂掉了，听了让人心惊肉跳。

可海伢子不信，他用手背擦了擦鼻子，说："敢，不敢的是四脚爬。你们谁打赌？"说着朝大家伸出右手食指。

我们几个面面相觑，怂恿的同学硬着头皮与他拉着钩，同声唱着："钩钩钩，摇三摇，不准悔！"然后两人同时往地上吐了一口痰，猛地用脚一踩，算是下了赌注。约定谁赌输了，谁在礼堂里爬三圈。

海伢子搂了搂裤子，纵身一跃，猴子一样灵巧地从上了锁的门顶上翻过去，消失在黑暗里。我在外面为他捏着一把汗。

不多久，海伢子从里面爬出来，鼻尖上沾着灰。他神气地走到大伙面前，摊开了手掌："你们看，这是什么？是菩萨的胡子。"天哪，这还了得，拔了菩萨的胡子！有人脸都吓白了。

他却一副若无其事的样子，讲着那菩萨有好高好高，胡子有好长好长，还从裤腰上抽出一柄木剑，说那是菩萨手里的武器。

海伢子胜利了。跟他打赌的同学垂头丧气地趴在地上，可刚刚爬了半圈，戴眼镜的校长突然出现在我们面前，严厉的目光从镜片后面射出来，在我们每个人的脸上扫了一圈，然后落在来不及站起来的同学脸上："说，你要搞什么名堂？"

"我……我……他……是他让我爬的。"他垂着头指着海伢子结结巴巴地说。

"你们两个站到操场上去！"戴眼镜的校长说，"等会请你们的家长到学校来，我会弄清楚是怎么回事的。"

海伢子这时像斗败的公鸡，脑袋耷拉着，差点儿要钻进裤裆里了。因为他最怕的事情就是请妈妈来学校。他怕妈妈伤心。

也算是走运，有件事帮了他的大忙。那时每天放学，学校都要举行降国旗的仪式。那天不知旗杆上的滑轮出了什么毛病，国旗怎么也降不下来。校长望着高高的旗杆，急得一次又一次地用手指顶眼镜。

一直一声不响地站在操场角落里的海伢子，自告奋勇地说："校长，我上去。"

校长扶扶眼镜，疑惑地望着他，半天没有吭声。

海伢子连忙说：“比这还高的桅杆我都爬过，不信，你问他。”海伢子指着我。

我点了点头。校长还是不放心，让两个力气大的老师，在旗杆下扯起了一床大被单，这才让海伢子试试。

海伢子把鞋一甩，朝手心里吐点儿口水，搓了搓，就双手抱着旗杆，两腿一蹬。他身子一伸一缩，像猴子一样轻巧地爬了上去，顺当地取下国旗，哧溜一下，他又从旗杆顶端滑下来。顿时，同学们的掌声像炒豆子一样。平时毫不起眼的海伢子，简直成了一位英雄。

校长自然没再提请家长的事了。

海伢子妈对他的管教其实很少，唯独对他玩水管得很严。因为海伢子爸的原因，海伢子妈十分忌讳水。

海伢子三岁的时候，海伢子妈四处求神拜佛，后来求来一只铁圈，给海伢子戴在手上。上面刻的什么字谁也不认得。她还千嘱咐万叮咛海伢子：“不准到河里去，不准到塘边去。”平时她到河里挑水洗菜，是从不让海伢子跟着的。她还特意请木匠做了一个又大又沉的盖子，把家里那口水缸盖得严严实实。就连平时给海伢子洗澡，她也提心吊胆的。

我们的小镇紧傍着资江，出门三步就是水，因此，镇上的孩子从小就是在河里泡大的。

资江确实很美。特别到了夏天，清亮亮的河水就像一条流动的水晶带子，娇艳的阳光照在河面上，闪闪烁烁的，变幻着迷人的色彩。酷暑难当的夏日，在清凉的河水里泡上一阵，那是多么惬意呀！因此，没有一个孩子能逃过资江动人的诱惑。小伙伴们成群地光着身子，在河里扑腾嬉闹，放声大笑。海伢子羡慕得什么似的。虽然妈妈管得紧，但总不能把儿子拴在裤腰带上呀。海伢子自从偷偷下了一次水后，就一发不可收拾了。

为了不让妈妈发现他的秘密，他故意剃了一个光头，青皮闪亮，小伙伴们见了他，都忍不住要伸手摸一摸。但有了这光头，下河就方便多了，游过水，只需要用手在头顶上一抹，就不露半点儿水渍了。只是那湿裤头有点儿麻烦，每次，他总要脱下湿裤头交给我，我就给他铺在河边的卵石上晒，他则远远躲在水里。直到裤头晒干了，我俩才一块儿回家。

不知是他天生悟水，还是别的什么原因，他学游泳比谁都快，不久就成了我们这群伙伴中水性最好的。

资江河里有许多从安化大山里下来的木排。海伢子可以一个猛子从木排这边扎下去，然后从远远的河中心露出小脑袋来。他还可以在水中翻跟头、竖蜻蜓，头朝下地把两条腿高高露出水面，像两根枪杆一样。他还有更绝的，在水里一口气可以憋上一袋烟的工夫，从河中心下去，能在河底摸上鹅卵石来。

我们最大的乐趣是在河里摸鱼。海伢子摸鱼像是囊中取物，他一个猛子扎进水里，水面上冒出一串串气泡。不久，就从远处露出一颗黑脑袋，他一抹眼睛鼻子冲大家笑笑，嘴里准咬着一条鱼。鱼的尾巴不住地摆动，银白的鱼鳞在阳光下闪闪发亮。

按海伢子的水性，我怎么也不相信他会出什么意外。

但可怕的事还是发生了。

事后，奶奶对我念叨："唉，这是命里注定的，命里只有三合①米，走遍天下不满升哪。"

我不懂什么合，什么升的，只是觉得事情的确有些蹊跷。

我记得，那天海伢子妈卧床不起，她已经病了好几天，什么也吃不下。一位邻居大嫂说："海伢子，你妈胃口不好，你给她买条活鱼，熬点儿汤给她喝吧。"

---

① 合：读 gě，容量单位。

海伢子记在心里，可提着小篮子在街上转了一圈，没有遇到卖鱼的。没别的法子，只有自己下河去摸了，也不知是什么原因，或者是发生了什么意外，反正他这次下到水里，就再也没有起来了。

一些好心人没敢告诉海伢子妈，只是七手八脚地下河去捞，闹腾了一个钟头，还是不见海伢子的影子。

日头西斜了，人们才不得不告诉海伢子妈。也真怪，海伢子妈连滚带爬来到河边又哭又喊，海伢子的尸体竟从就近的木排下冒了出来。

海伢子终于被抬上来了，他直挺挺地躺在一副竹床上，脸白得像纸一样，两眼紧紧地闭着。海伢子妈扑上去喊他，但他永远不会答应了，只是鼻子里流出了血。

海伢子是怎么死的？谁也说不清楚。有人说，他是扎猛子时，头被木排卡住了，出不来；有人说，他准是下水时，腿肚子抽筋了，游不上来；还有的说，他是被落水鬼扯住了……听得我脊背发凉，以后多年都不敢下河游泳。

海伢子妈从晕厥中醒过来后，一对死鱼样的眼，呆呆地望着躺在地上的儿子。她听到了人们的议论，无力地摇了摇头，异常平静地说："我知道，是海伢子他爸招他去的，他记着他的崽。那年下汉口，他出了门又转身，叮嘱我要带好海伢子——我好蠢啊，不晓得他是不回来了。这么多年了，他还记着海伢子，是他回来带他走的……是他回来带他走的……”

说到这里，她又呜咽起来：“海伢子爸呢，你怎么就忘记了我这个苦命的人啊，你为何不带我们娘俩一起走呀。”她哭着喊着，在地上坐着，凄惨的声音让人听着心酸，旁边的大妈大婶都陪着她一起流泪。

以后每到黄昏，我就能听到对门的小巷里，传来海伢子妈凄凉的声音：“海伢子——你等等妈妈呀！海伢子——你等等妈妈呀！”那悲凉的声音就是木头人听了也要落泪。

就这样过了几年，终于有一天，海伢子妈也走了。她也是淹死在资江河里的。但到底是失足落水，还是自杀，谁也说不上。不过，大家认定，她一定是去找她的儿子和丈夫了。她生前就说过，不管怎样，她要跟儿子和丈夫在一起。

我不禁想起了奶奶说的那句话：“命里只有三合米，走遍天下不满升。”突然，我像是明白了什么，可仔细一想，又好像什么都不明白。

6 卖刷把的婆婆

在我们小镇上，小商小贩和手艺人真不少：修皮鞋雨伞的，卖糯米丝糖的，箍桶箍脚盆的，卖桂花汤圆的……形形色色，五花八门。但给我印象最深的是一位卖刷把的婆婆。

你听，在小巷深处，远远地还看不到卖刷把的婆婆的身影，可那高亢响亮的吆喝声，早已从空旷中传来：“买——刷把的——啵——呃。”

真让人想不到，发出这等气冲霄汉的强音的，竟是一位干瘪瘦削的老婆婆。她的喊声不仅高亢有力，而且巧妙地运用了颤音和花腔。尤其是当圆滑婉转的拖腔极具韵味之时，她会恰到好处地戛然而止，让人不由得想起白居易在《琵琶行》中“曲终收拨当心画，四弦一声如裂帛”的意境。我有时会感叹上天埋没了一位音乐天才哩。

我至今还记得她的模样：矮小的身材，脑后挽一个圆圆的发髻。核桃壳一般的脸上，一对布满红丝的小眼睛，不停地眨巴着，瘪瘪的嘴巴，常常莫名其妙地嚅动着，像含着什么东西。她身着一套青布裤褂，一双“三寸金莲[①]”，穿双摞着补丁的布袜，外面再套一双草鞋，臂弯里挎着个缠着布条的竹篮。竹篮里装满刷把。

别看她一双小脚，走起路来却噔噔噔一阵风似的。每天，她沿着一条固定的路线，从城里到三堡[②]，又从河北走到河南，一趟至少 15 千米。可她不管炎天暑月还是天寒地冻，一年 365 天，像钟表一样准时地在小镇的麻石街上和小巷子里转悠着。

在小镇上人们的心目中，卖刷把的婆婆大小也算个人物了。这一点，平时谁也没留意，可要是哪一天

---

① 三寸金莲：旧时妇女缠足的小脚。

② 三堡：益阳古城分为三堡，即一堡、二堡、三堡。这三堡是连贯的，在一条十余里长的街道上，完全滨着资江。三堡中间，第三堡最热闹。

没按时听到她的吆喝声，坐在太阳底下纳鞋底的奶奶、大婶就会不安起来。

“哟，卖刷把的婆婆怎么没来？”

“该不会生病吧，她实在是个铁骨人。”

“也许家里有什么事吧。”

“她就孤身一人，会有什么事？”

…………

大伙就这样七嘴八舌地唠着，间或发出一声叹息。直到远处响起那熟悉的“买——刷把的——啵——呃”的声音，大伙才松了一口气。

有一回，她真的病了，小镇上三天没听见她的吆喝声。一时街头巷尾议论纷纷，还有人四处打听她的消息。这时，大伙才感到，小镇上实在缺不了卖刷把的婆婆。

不知是她的刷把格外好，还是别的原因，反正谁家要买刷把，都会等着卖刷把的婆婆来。

我听人说起她的身世。她不是本地人，是个裁缝匠的女儿，年轻时长得如花似玉，当地一个姓金的有钱有势的浪荡公子看中了她，硬是从她心爱的人身边把她抢过去，娶为第三房姨太。这浪荡公子还成天在外拈花惹草，两年后就把她抛弃了。她死活不再嫁人，带着个不满周岁的儿子含辛茹苦地生活。但是后来儿子害天花死了，她只身流落到这座小镇上，孤苦伶仃地住在东门外的一条小巷里。为了生计，当过用人，帮人洗过衣被，后来就学会了劈刷把。

小镇上的孩子都喜欢热闹，每次卖刷把的婆婆来，总有一大群孩子跟在她身后，饶有兴味地跟着她吆喝："买——刷把的——啵——呃。"

卖刷把的婆婆对这些爱恶作剧的孩子，总是显得宽宏大量，全不像那些修洋伞补套鞋的宁乡佬，动不动就举着榔头，凶神恶煞地吼："龟崽子，再跟着就砸碎你的脑壳。"她只是慈祥地笑笑说："细伢子，莫学我啦，卖刷把的叫花婆有么子好学的？"

而那些死性不改的调皮鬼，也是柿子拣软的捏，一个个伸出舌头，朝她做怪样，然后跟着她，越发喊得起劲，喊得脖子上青筋暴起。

我总觉得她可怜，虽然也喜欢热闹，但我从不肯学她。每次家里要买刷把，我总是争着去。她对我也特别和气，总要左挑右拣选最好的刷把给我。

有次，她那布满血丝的眼睛久久地盯着我，然后伸出手背上爬满蚯蚓一样青筋的手，摸着我的脸问："乖伢子，叫么子名？"

我轻轻地说："秋生。"

她眼里一亮，又问："今年几岁？"

"八岁！"

她的眼神突然黯淡起来，深深地叹了一口气，然后抬手按了按眼窝，抓着我的手捏了又捏，嘴里还喃喃地说着什么。我一句也听不清，只是惊恐地瞪着她那张缺了牙的黑洞洞的嘴。我突然想起妈妈说过的狼外婆的故事，狼外婆要吃孩子，就是这样又看又摸孩子的。

我连忙把钱塞给她，她却连连推却："乖伢子，这刷把就送给你，不要钱。"

哪有卖东西不要钱的？我觉得奇怪，她却自顾自走了，我怔怔地望着她那远去的背影。

后来，从别人的嘴里我才知道，她那宝贝儿子也叫秋生，五岁就夭折了，难怪她对我有种特殊的感情。以后，卖刷把的婆婆每次转到我们小巷里，总要向人打听："秋生那伢子呢？"

不知为什么，我倒有点儿害怕见她了，怕她过分的亲热劲儿。因此，只要老远听到她的吆喝，我就躲起来。不知怎么的，小伙伴们也知道了这个秘密，只要听到她的喊声，他们就推推搡搡地逗我："去，快去呀，你老妈叫你哩！”

有一次，镇上来了个卖糯米丝糖的老头儿。他挑着副担子，一面摇着带长柄的小锣，一面用柔和的声调喊着：“糯米丝糖啰——”伴随着那诱人的声音，空气中飘散出阵阵沁人心脾的香味。

听到那喊声，口水就禁不住流出来，那铛铛的小锣声，更是恨不得把人的魂都勾走。

只要听到小锣的响声，小巷里的孩子，连穿着开裆裤的都蹒蹒跚跚地跑出来，把小小的糖担子围了个里三层外三层。孩子们还不住地你推我搡，为的是争一个最靠近的位子。年纪小的挤不上，往往哇哇哭起来。可这时谁也顾不上别人，一双双睁得圆溜溜的眼睛，都注视着放在炭炉上的盛满糖的瓦盆。那瓦盆里好像有无数根魔线，紧紧地牵着每一颗眼球。烤得软软的糯米糖，黄灿灿、油亮亮，透着迷人的琥珀色，散发出桂花香气。这时，只听见小嘴巴里发出一片吞口水的声音。

那卖糯米丝糖的老头儿在一块油抹布上蹭蹭手，接着迅速从糖盆里捏出一块烤得软软的糖，大概糖块有些烫手，他两只手不住倒换，还嘟着嘴嘘嘘地吹着。糖块好像挺不愿意离开它的伙伴，一条长长的糖尾巴紧紧地拉着瓦盆不放。老头儿连忙腾出一只手来，两指一掐，这才斩断了糖尾巴，然后把糖块扔到一个装满黄豆粉的盘子里，不住地翻滚。随后，他把糖块捏在手里轮番地拉扯，只见裹满黄豆粉的糖块，在他手里魔术般地变幻着。糖块成了糖条，糖条拉成糖面，糖面又变成糖丝，最后竟像老爷爷的白胡子一样细。卖糯米丝糖的老头儿这才把糖丝往小盆里一甩，吆喝着："卖糯米丝糖啰——"

孩子们早馋得喉咙里能伸出一只手来，恨不得一口吞下那个糖盆子。口袋鼓鼓的孩子连忙掏出钱来，高高地举到老头儿的鼻子底下，急切地喊："我买！我买！"

买到的孩子，神气地捧着糯米丝糖，伸出舌头慢慢品着，惹得其余的孩子不住地舔着嘴皮子，最后终于耐不住了，纷纷往家跑，嘴里不停地念叨："哼，我找妈妈要钱去。"

果然不大一会儿，几个孩子远远地高举着手里的钱，欢喜雀跃地跑来，大家顿时变得神气活现起来。

我突然感觉被孤立了，我虽空着双手，但没有去向妈妈要钱的勇气。因为我知道，妈妈的口袋也是空的，早饭的米还是从隔壁借来的，哪有钱给我买糖吃？

我神色沮丧，失望地望了望糖担子，猛地吸了一口带着甜味的空气。就在这时，一个很轻很温和的声音，在我的耳边响起："秋生，是不是想吃糯米丝糖？"

我抬头一看，卖刷把的婆婆那张布满菊花纹的脸出现在眼前，那双小小的充着血丝的眼睛，正慈爱地望着我。

我觉得很奇怪，今天怎么没听见她的吆喝呢？我来不及细想，她又笑着问我："我跟你买糯米丝糖，好不好？"

我真想逃离她，可双脚怎么也不听使唤。我的嘴巴动了动，却不知怎么回答她才好。

现在回想起来，大概是我实在无力抗拒那甜甜的糯米丝糖的诱惑。

卖刷把的婆婆没有再说什么，伸出树枝般粗糙的手，从怀里的贴身衣袋里掏出一个青布包来。她颤巍巍地打开布包，又打开一张牛皮纸，这才摸出一沓脏兮兮的、磨损得很旧的钞票。她小心翼翼地从里面抽出一张，两根手指摩了又摩，最后递到卖糯米丝糖的老头儿面前："给，买糖！"

卖糯米丝糖的老头儿接过钞票看了看，收好后，赶紧在那油腻的抹布上蹭蹭手，熟练地从糖盆子里捏出一块糖，在他手里飞快地扯来扯去，然后变成了糖丝。卖刷把的婆婆接过来，拉起我的手，放在我的手心里，温柔地对我说："乖伢，吃吧！"

糯米丝糖落在我的手心里，软软的，温温的，好香好香。我觉得心头有股暖流流过，一颗心猛烈地跳动着，就像有头小鹿在撞击。

我心里好矛盾。妈妈不止一次地教育过我，人穷也要有志气，不能随便吃别人的东西。可糯米丝糖的吸引力实在太大，长这么大，我还没有尝过糯米丝糖是什么滋味呢。我最终还是妥协了，就这一次行吗？以后保证再不吃别人的东西了。

妈妈不在身边，我没法与她商量，只得抬起头求救似的望着卖刷把的婆婆。

卖刷把的婆婆眼角的皱纹散开来，微笑着推了推我的手，说："吃吧，不要紧的。"

我感激地看看她，拿着糖的手不由自主地往嘴里送。啊，一股无法形容的甜味，迫不及待地钻进了我的喉咙。我张大嘴巴，正想咬上一口，不知突然从哪里钻出来个鬼家伙，阴阳怪气地喊："呵，看秋生啰，吃刷把婆婆的糖咧，他真的要给刷把婆婆做秋崽子啰！"

我抬头一看，街对面站着一排小孩，正冲我扯着脸皮做鬼脸。我像小偷被抓住了现行一样，脸上一阵发烫，脑袋猛地发胀，好像钻进了一窝蜜蜂，只听到嗡嗡的乱响声。我不顾一切，扭头就跑。

逃了好远好远，我才回过头去。只见平常温和可亲的卖刷把的婆婆，变得像一头发怒的狮子，正横眉瞪眼，一边跺脚一边骂着尖刻难听的话。

小孩子们也是第一次看见她发这么大的火，吓得如鸟兽散。

以后好长一段时间，我都害怕见到卖刷把的婆婆，不知是一种自尊，还是一种歉疚。但她卖刷把的吆喝声却时时萦绕在我的耳际，好多好多年都不曾忘记。

姐姐

那年，我九岁。姐姐虽大我两岁，但个头长得比我还矮。邻居奶奶总笑话她，说她是我的妹妹，但她处处还是像个姐姐的样儿，在外护着我，在家让着我。

那时爸爸在一家店里当小职员，薪水微薄，家里生活清苦，妈妈只得处处节省。

我们家很少买柴火，生火做饭全靠姐姐捡树枝、捋树叶烧。好在我们附近都是些穷人家，家家孩子都去拾柴，出门总是一大群，一人挎一个竹篮，拿一根带钩子的长竹竿。大家一边拾柴，一边变着法子玩，因此，我总是像个尾巴一样跟着姐姐。

一天，姐姐爬到一棵树上去掰枯枝，我闲着无事，看见另一棵小树上吊着一个圆球，觉得很好玩，捡起一根竹棍去打。

哪知道这是个野蜂窝，受惊的蜂子轰的一下全冲出来，黑压压一片，直朝我头上袭来。我吓得双手捧着脸，哇的一声哭起来。

姐姐听到哭声，嗖地从树上滑下来，扑到我眼前，两手搭着我的头，用身子严严护着我，嘴里还连连哄我："小弟别怕，有姐在哩。"发了疯的蜂子朝姐姐的脸上、手上、背上轮番进攻。

幸亏小伙伴们脱下衣服，一阵乱挥乱打，才把我们姐弟俩救出来。我平安脱险了，姐姐的脸上却被蜂子蜇伤了好几处，又红又肿。

我轻轻地摸着姐姐脸上红肿的地方，感到火辣辣的。我望着姐姐，小声地问："姐，你痛吗？"

姐姐咧着嘴吸了口气，故作轻松地说："不痛。真的一点儿也不痛。"

"真的不痛？"我不放心。

姐姐摸了摸脸，笑笑说："真的不痛。"

我还是不放心："肿这么大，咋不痛呢？"

姐姐抬起手背擦擦眼角，宽慰我："姐不骗你。只一丁点儿痛，就像被蚂蚁夹了一下。”

可姐姐的脸像蒸过的馒头，越肿越大。到傍晚回家的时候，她的脸已经肿得像个棒槌，眼睛只剩下了一条缝儿，我急得没了主意，捧着姐姐的脸大哭起来。

还是妈妈有办法，她赶紧到隔壁春嫂家讨来一杯奶汁，细细地给姐姐搽着伤口。

我站在一旁不住地问：“姐，还痛吗？”

姐姐费劲地睁开只剩一条缝儿的眼睛，看了看我说：“不痛，真的不痛。”

妈妈没好气地冲我嚷：“咋不痛？又不是灵丹妙药！都怪你，尽闯祸，那野蜂子窝也敢戳！”

姐姐还在护着我：“妈，不怪小弟，他年纪小，不懂事。”

“还不懂事？都吃十岁的饭了。”妈妈狠狠地盯了我一眼，又数落起姐姐，“都是你，尽惯着他。我们是什么人家，还能养得起小少爷？”

我嘴巴一鼓，赌气地说：“我才不做少爷呢。”我下决心要多帮姐姐做事。

从那以后，只要出门，我总抢着帮姐姐提篮子。姐姐上树掰枯枝，我在树底下帮着捡。

有时篮子装得满，姐姐提不动，我就用棍子帮姐姐抬着，总觉得特别轻松。到后来我才发现，每次我往上抬，姐姐就趁机把篮子往她那头移，难怪回到家，姐姐总累得满头大汗，我却一点儿不累。我还在她面前吹过牛："嗨，你看，到底是男子汉行啵！"之后想起来，我恨不得往地缝里钻。

每年春季，资江里打着赤膊的排牯佬，嗷嗷地叫着，驾着木排顺流而下。大概是太累了，每次到了小镇，总要在这里停留几天。

好大的木排，都是清一色的大杉树，用篾缆子扎起来的。那大杉树上的杉树皮，晒干后是上好的点火材料，烧起来火焰噌噌冒，如有风吹一样旺。此外，杉树皮着火还会啪啪地响，像过年放鞭炮一样，十分好玩。因此，只要木排泊下，孩子们就会蜂拥而上，争着剥杉树皮。

可不知为什么，妈妈从不准我们上木排。还是奶奶告诉我，原来，妈妈有个小弟弟，就是到木排上剥杉树皮，踩着一根滚动的木头掉到河里，连尸首也没捞着。

那一年春三月，资江水满满的，从上游来了好长一串大木排。木排刚靠岸，许多小伙伴就争先恐后往上爬。我看着眼红，拉住姐姐的手直晃：“姐，我们也上吧。”

姐姐望着浑浊的河水，咬咬嘴唇没吱声。

我赌气地说：“你不去，我去！”说着，转身踏上两根木头并排搭成的跳板，摇摇晃晃地往木排上走。

姐姐一看，连忙追上来：“小弟，别上！”

我却逃也似的三脚两步跳上木排，不料脚一滑，一个踉头差点儿掉下去。

姐姐见状，尖叫一声扑上来，由于心慌意乱，一脚踏空，扑通一声掉到水里。

我大声喊着：“姐——”这时，一个浪头打来，把姐姐卷走了。我惊恐地望着泛着泡沫的河面，声嘶力竭地哭喊起来：“救人啊——救人啊——”

岸上也有人跟着喊：“不得了呀，会淹死人哩。”

有个排牯佬看见了，一个鱼跃跳入水中，在水里四处搜救。

我止住哭，怔怔地望着涌动的浪花，一颗心蹦到了嗓子眼。

排牯佬终于从水里冒出来，一手夹着姐姐，一手奋力地划着水。

姐姐被人拉上来，我一下扑到姐姐的身上，又是哭，又是喊。姐姐双目紧闭，脸白得像一张纸。围着的人有的在叹息："怕是没救了。"

我吓得魂不附体地放声叫起来。那个排牯佬刚爬上台阶，浑身还滴着水。他望了姐姐一眼，顺手给了她一巴掌。

我气得眼里冒火，不由分说，拉着排牯佬的手狠狠咬了一口。

排牯佬没提防，只听"哎哟"一声。旁边一位老伯拉开我，责备地说："你这孩子，真是狗咬吕洞宾——不识好人心哪。"

原来溺水的人救上岸，都要这样打一巴掌。姐姐果然醒过来，睁开了眼睛。我这才知道错怪了别人，扑通跪倒在排牯佬面前，他只是憨厚地笑笑，说："傻孩子，快起来，不知者不为过。你快带路，我帮你把姐姐送回去。"

姐姐算是从河里捡回了一条命，但由于惊吓连带风寒，一病不起。首先是打摆子，压上几床棉被还冷得浑身打战，后来又发高烧，额头像炭火一样烫手。

姐姐在昏昏沉沉中，还不时呼唤着我的奶名。我坐在姐姐的床边，哽咽着应一声，忍不住哭起来："姐姐，我的好姐姐！"

昏迷中，姐姐紧紧抓住我的手。我真恨自己，不该跟姐姐赌气，是我害了姐姐。

姐姐的病越来越重，我是从匆匆忙忙进进出出的大人们的脸上看出来的。

又听到有人神秘兮兮地说：“摆子转伤寒，安置棺材板。”还像是有意证实似的，说小巷深处有家姓唐的大户的少奶奶，也是一样的病，连省城的名医生都请来了，但没出半月，还是一命呜呼了。

听到唐少奶奶出殡的鞭炮声，全家人吓得大气也不敢出，都围在姐姐床前。我悄悄地跪在小天井里，祈求天老爷保佑姐姐平安。姐姐的病时好时歹，家里没钱请医生抓药，妈妈只能背地里流眼泪叹气：“唉，病有什么法？有钱人拿财抵，穷人拿命顶呀！”

姐姐发烧就说胡话，也不认人。妈妈只得从灶屋地下挖些泥，有时还弄些牛屎和着，做成一个个饼子，糊在她的肚子上。可只要妈妈一转身，姐姐就抓起牛屎饼往地下一甩，嘴里骂骂咧咧的：“你们都是黑良心，要害死我哪！”每逢这时，几个人都按不住她，也不知她那么多天没吃东西，哪来的那么大的劲。

对门药店的胡先生看姐姐可怜，亲自上门给她看病扎针，可扎了一次，她就不依了。以后只要看见胡先生拿出银针来，她就大喊大叫：“胡志正哩，你没良心呀，你生一屋死一屋哩！”从此，胡先生也不敢登门了。

那些天，我们全家都提心吊胆地过日子。姐姐一到晚上就说胡话，一会儿说帐子里有个人，一会儿说窗户外有个鬼。我和妈妈抱在一起远远地看着她，整晚整晚不敢睡。我有个舅娘不信邪，自告奋勇陪我们。

晚上，她拿了一把菜刀放在床头，姐姐说胡话，她就用力在砧板上剁。姐姐不认得她，一见她与妈妈说话，就说：“你这多嘴婆婆哪里来的？还不给我滚。”过了一阵子，姐姐又说有鬼压着她。舅妈吓得天一亮，连脸都没洗就走了，留下我们母子坚守着。

过了清明盼谷雨，过了谷雨盼立夏，一直过了阴历七月半，妈妈才松了口气，连连念着：“阿弥陀佛。”原来，七月半被称作鬼门关，过了七月半就不会有鬼来扯姐姐了。

也许是穷人命大，过了八月十五，姐姐竟有了起色，小声地喊着要吃东西。

妈妈用做针线活赚来的几个钱，换了两升糯米。那糯米白得像银子一样，煮成稠稠的粥闻起来真香。

爸爸在帮工的店里支了一斤白糖，妈妈用个小罐子盛起来，锁在食柜里。每次煮好粥，妈妈盛上一碗，打开食柜，舀上半勺糖，搅拌均匀，然后坐在床边，一勺勺喂给姐姐喝。

不知是姐姐太久没吃过东西，还是那甜粥的味道实在太美，姐姐吃起来咝咝地响，像是吹口哨一样。我坐在一旁，无法想象那甜粥的滋味，口水情不自禁地往外流，嘴巴发出嗞嗞的声音。妈妈不时地瞟我，直到一碗粥喂完，最后用调羹狠狠地刮了刮碗，这才把碗塞给我："馋虫，看你眼珠子都掉碗里了。"

我没理会妈妈说的什么，捧着碗，伸出舌头在碗的四周转着圈地舔。啊，好香好甜，我差点儿把舌头都吞到肚子里去了。

舔完碗，我这才注意到，姐姐正怔怔地望着我，眼角亮晶晶的，像是哭了。我不知发生了什么事，扔下碗抱着她："姐姐，你怎么啦？"

"小弟乖，姐没什么。"瘦削的姐姐把我搂在怀里，轻轻地抚摸着我的头，两颗泪珠子掉在我的脸上。我抬起头问："姐姐，你怎么哭了？"

姐姐没回答我，只是说："小弟，你瘦多了，是很饿吧。"

我使劲地摇了摇头。尽管姐姐病后，她干的活都落到我的头上，真的有点儿累，有点儿饿，但只要姐姐好，我什么苦都不怕。

第二天，姐姐的胃口大减。一碗雪白的甜粥刚吃了一半，姐姐就推开碗说：“妈妈，我饱了。”妈妈觉得奇怪，平常狼吞虎咽的，今天怎么就饱了？

姐姐说：“我不想吃了，你给小弟吃吧。”

妈妈这才恍然大悟，原来姐姐是有意要留给我吃。妈妈赌气地把碗塞到我手里，没好气地说：“你吃，你吃吧！好吃鬼！”

我捧着碗，望着病恹恹的姐姐，怎么也吃不下，那甜粥似乎没有了往日的香气。

从那以后，每当姐姐吃东西，我总是有意躲得远远的。

这样持续了几个月，姐姐总算可以下床走动了。不料接近年关时，姐姐又开始发高烧，昏迷中总喊着要吃西瓜，要吃橘子。可天寒地冻的，哪来的西瓜、橘子？

一天，好心的邻居奶奶给姐姐送来十粒大荸荠，黑红黑红的，真逗人喜爱。但我不敢奢望，只匆匆地瞟了一眼，装作什么也没看见，就悄悄溜出了屋。

妈妈给姐姐削了一粒，她一小点儿一小点儿地吃了老半天。

傍晚，我拾柴回来。妈妈神秘地把我拉到灶房里，压低嗓子像是审问我：“你说，你是不是偷了姐姐的荸荠？”

我急忙辩解：“我没拿！”确实，我一直没进过姐姐的房间。

妈妈不相信，鼓起眼睛瞪着我：“你没拿？难道荸荠会飞？被窝里头失了针，不是婆婆就是孙。”

我还是一口咬定：“我没拿！”

妈妈伸出一个指头，戳着我的脑门，数落道：“你呀，太不谙事。这是给姐姐救命的呀。”

我有口难辩，委屈的泪珠在眼眶里打着转转，但我强忍着，没让眼泪掉下来。

后来，因为姐姐又发病了，妈妈才暂停了对我的审讯。半夜起风了，天气骤然冷下来。昏黄的灯光照着姐姐那张苍白的脸，姐姐不停地说着胡话。妈妈贴在她耳边，不住地呼唤着。

邻居奶奶看那模样，附在妈妈耳边说着悄悄话，一副很神秘的样子。她们俩在门外嘀嘀咕咕地商量了好一阵子。

天没大亮，妈妈就吩咐我到屠场去讨猪血。

屠场离我家有好几里地。这时天空不紧不慢地下起了鹅毛大雪。我提着篮子顶着北风出了门。

路上已有了厚厚的一层白雪，我深一脚浅一脚地向前走着，破套鞋里不一会儿就灌满了雪，一双脚像踩在冰窖里，很快就失去了知觉。刺骨的寒风，从破棉衣的缝隙中钻进来，像无数只老鼠在咬我。我双手拢进袖筒里，里面也没了一丝热气。我觉得我的心都快冻僵了。

天空阴沉得可怕，雪花越下越紧。我机械地迈着好像已不属于自己的双腿，跌跌撞撞地走进屠场，哆嗦着伸出碗，对屠户师傅说："讨……讨碗猪血……"

屠场的梁上一盏四方玻璃风灯，在北风中摇曳。屠户师傅看到我浑身雪泥，一副可怜巴巴的样子，连忙从浑浊的猪血盆里，给我舀了一碗猩红的血。

我接过碗放在篮子里，来不及道一声谢谢，又一头扎进风雪中。漫天的风雪，巨大的寒流，像是要把我吞噬。我在雪地里连滚带爬，也不知是怎么回到家里的。

推开门，我一屁股坐在地上，再也起不来。我的手和脚都已经麻木，整个人失去了知觉。

妈妈端过那碗早已冻成冰疙瘩的猪血，又把我抱到床上，用被子焐着，然后倒来一盆热水，把我的手和脚放在里面。

妈妈摸着我冰冷的脸，轻声问：“还痛吗？”

我觉得手和脚像有无数的钢针在扎着。听到妈妈的问话，我感到满肚子委屈，竟哇的一声哭起来。

妈妈火了，压低声音责备我：“你这不懂事的！姐姐还要等着……”妈妈突然止住，没往下说。

我这才注意到，邻居奶奶和婶子们进进出出的，也不知在忙着什么。

我止住了哭，懵懵懂懂地看着忙忙碌碌的人。

入夜，小巷里响起鞭炮声，接着一阵号哭，不知是哪家又死了人。妈妈的脸色煞白，两眼直瞪瞪地盯着我。

我也慌了神，扑通一声跪在地上，默默地祈祷着，请求老天爷保佑姐姐。

也许是我的诚心感动了老天爷，姐姐到后半夜竟从昏迷中清醒过来。

我弯着指头算算，姐姐已经昏迷三天了。她睁开眼看见我，连忙从被子里伸出手来。

妈妈不知她要干什么，连忙握住她的手，只见姐姐松开手掌，手心里是两粒红红的荸荠。

姐姐的嘴巴动了动，用微弱的声音说：“这是给小弟留的。”

我的眼泪夺眶而出，一下扑在姐姐身上，呜呜地哭起来。

姐姐紧紧地挨着我的脸，我感到耳边一热，只见姐姐的眼泪汩汩地流着。妈妈站在一旁，看着我们姐弟俩，也不住地抹着眼泪。

姐姐命大，过了年关，她的病竟奇迹般好起来。到了春暖花开的时候，她不但能下地走动，还可以跟我一块出门拾柴了。

不过，她那满头黑发却掉了个精光，出门只得戴一顶鸭舌帽。有人不知好歹，见她就说：“一个女娃子还光着头……”每逢这时，我就要冲上去与人拼命。有次竟闯了大祸，砸破了人家的脑袋，让人找上门来。

现在想起来，觉得自己当时幼稚可笑。但这么多年以来，我对姐姐都有着深挚的感情。

8 曹先生

上小学高年级的时候，我转到了一所江西人办的会馆小学。那时从江西来我们小镇做生意的老板很多，尤其是开国药局和盐纱号的。大概是埋怨他们赚了本地人的钱，当地人有种排外情绪。因此做生意的江西人，不愿送子女上本地学校，怕被人欺负。于是，他们自己出资办了一所学校，就设在江西会馆里。

会馆离魏公庙不远，环境很幽雅。我依稀记得，我们的教室前面还有个小花园，砖砌的甬道，木制的围栏，花园中间有棵桂花树，还有假山。每当八月黄灿灿的桂花开放的时候，校园里四处飘散着浓郁的清

香。后来读到鲁迅先生的《从百草园到三味书屋》，我就自然会想起江西会馆学校，那就是我童年的百草园。

我在那里上了两年学，给我印象最深的老师有几位。

一位是我们的校长，姓姜，胖胖的。他特别怕热，夏日里喜欢穿一件大圆领的洋汗衫，手里总是摇着一把大蒲扇，在学校里晃来晃去。那时一般都穿无袖土布褂，洋汗衫是很稀罕的。因为衣服码子太小，只要一伸胳膊就会露出圆鼓鼓的大肚皮。校长脾气很好，不论对老师还是对学生，都是笑呵呵的，从来不训人，很像我家桌上那尊弥勒佛像。

另一位是教美术的沈老师。他刚从学校毕业，鼻子上架着一副近视眼镜，镜片跟酒瓶底一样厚。他很注重仪表，头发梳得油光水亮，整天西装革履。他住在会馆顶层的小阁楼上，就像个大孩子，很喜欢与同学们一起玩。有一次组织漫画比赛，他画了很多人物让我们猜，有叼着烟斗的，有头上贴着膏药的，还有个胖乎乎的。记得我还得了一个一等奖，奖品是一本书，书名好像是《小马倌和“大皮靴”叔叔》。

还有一位是教算术的曹先生。我们与他接触最多，我对他印象最深。

曹先生个子不高，瘦瘦的，额骨很显眼，两只眼睛很大，眼球突出，样子很威严。当时我们喜欢读《水浒传》，里面写到武松打虎，讲到那只吊睛白额大虫，我们会朝曹先生会意一笑。当然，他那眼睛确实有些特别，要是瞪起来，我们还真担心那眼珠子会掉出来。那时他约莫 40 岁的年纪，头发却很少。尤其是头顶光溜得像个电灯泡，仅四周稀稀的一圈头发。常识老师讲到“不毛之地”，我们自然会想起他。他的同事也喜欢开他的玩笑，他却一点儿不恼，还伸手摸摸自己的脑袋，笑着说：“这样好！省了剃头钱呀！”

曹先生很幽默。记得他第一天给我们上课，穿的是一件灰色长袍，腰板挺得直直的，一走上讲台就自我介绍说：“敝人姓曹，曹孟德的曹，一千多年前我们是一家……”并随手龙飞凤舞地在黑板上写下一个大大的草体曹字，惹得哄堂大笑。

其实，曹先生上课挺严肃，对学生要求也很严。训起人来一板一眼，瘦脸绷得像刷了层糨糊。

他还有个习惯，用粉笔写字时总要掐下粉笔头捏在手里。有谁上课不专心，或者东张西望，他就一瞪眼，随手把粉笔头弹出去。也不知他哪来的这手上功夫，不需要瞄准，总是不偏不倚地射到他想射的人的脑袋上，让人一激灵，立马把腰杆儿挺得笔直，再也不敢有半点儿分心。

他最不能容忍的是我们学习上的马虎。诸如计算中写错了符号，答案中忘了单位，或是丢了小数点之类。谁要是犯了这种不可饶恕的“低级错误”，他会毫不留情地把人领到办公室去，先什么也不说，就让面对墙壁站上一阵子，说是“面壁思过”，以至于班上的同学都养成了这个习惯，只要发现自己犯了错误，不用曹先生吩咐，自个儿就老老实实站到老地方。

不过，曹先生对班上学生的严厉，也仅在这个份上。只有对我同桌的苛刻是一个例外。我的同桌也姓曹，用曹先生的话说，也许一千多年前就是一家。很凑巧，他是曹先生教我们时，才转到班上来的。老师介绍他叫“曹不高”，我们都很奇怪，他个子比我们都高，为什么会叫这个名字。后来看了他的本子，才知道他叫曹博皋，一个很稀有的名字。但我们已经习惯叫他曹不高了。

曹不高同学很喜欢画画。上算术课时，只要曹先生不注意，他就会在算术本上偷偷地画起小人儿来，尤其是喜欢画林黛玉、杨贵妃这些古典美人。他甚至画了一本《薛仁贵征西》的连环画，同学们都争着传看。我们都喜欢他画的画，常常用写字的竹纸和他换画片。我记得他就给过我一张黛玉葬花的图。

有天上算术课，他正画得入神，不料被曹先生瞅到。曹先生一反常态，没有发射粉笔头，而是提着教鞭气势汹汹地闯过来。我感到有些不妙，正想给曹不高发出警告，可就像说书人讲的那样，说时迟那时快，我还来不及提醒，曹先生已疾步走到他面前，只见手起鞭落，“啪！”的一声，同学们吓得心惊肉跳。只听“哎呀”一声尖叫，我分明看到，曹不高的手臂上已留下一条鲜红的鞭痕。大家都惊呆了。曹先生今天怎么了？曹不高眼里噙着泪花，强忍着没哭出声来。曹先生却像什么事也没发生过一样，转过身慢慢踱回讲台边，继续讲课。

我们都很纳闷，为什么曹先生对曹不高会格外严厉，而曹不高见了曹先生也像老鼠遇见猫一样。

那年期中考试，成绩公布下来，只有曹不高算术不及格：59 分。我们想，曹先生也许是故意为难他，要不怎么就差 1 分呢？曹不高拿到试卷，脸色一下就变了。

果然不出所料，那天放学后，曹不高被叫到办公室，只见他面色惨白，战战兢兢地进了门。随后，办公室的门砰的一声被关得严严实实，里面传来曹先生的一声怒吼。我们知道大事不好，紧贴着门缝往里瞧。只见曹先生怒气冲天，高高举起教鞭，使劲抽打着曹不高。嘴里还不停地念叨着："养不教，父之过，教不严，师之惰……"鞭子雨点般落在曹不高的身上，只听他惨厉地号叫着，双手护着脑袋，动也不敢动。我们心里一阵比一阵紧。

我终于看不下去了，虽然那时老师中流传着一句话，"板子青山竹，不打书不熟"，体罚学生的事时有发生，但这样公然鞭打学生的还真是少见，我心里愤愤然：再怎么样，老师也没有权力这样对待学生呀！

我跑到校长室，一把拉着姜校长，气愤地说："曹老师怎么能这样打学生呢？"

哪知姜校长无动于衷，不紧不慢地说："曹先生打曹不高谁也管不着。"

我急了："都什么时候了，还兴……"可话没说完，姜校长又慢吞吞地补了一句："他打自己的儿子，谁管得了？"

啊！原来曹不高是曹先生的儿子。我突然明白，曹先生的良苦用心，他是在杀鸡给猴看啊。

别看曹先生平时不苟言笑，而教课却很有一套方法。他讲课风趣生动，很会调动学生的积极性。有时还会把一些习题编成故事，引起大家的兴趣，有时又会把习题编成顺口溜，教大家边念边想，因为朗朗上口，很容易记忆，有些直到现在我还能背出来。在曹先生的精心编排下，本来枯燥无味的算术课，变得趣味无穷。同学们都喜欢上算术课。

记得有一次上课，他突然从怀里摸出一把锡做的小酒壶。上课怎么会喝酒？我们正纳闷时，他却饶有兴致地念起了一段顺口溜："有人提壶酒，逢春郊外走，逢店加一倍，逢花饮一斗，三逢花与店，饮尽壶中酒，欲知壶中酒，最先是多少？"他话音一落，同学们就叽叽喳喳地议论起来，原来这是他出的一道算术题。经过他别致的设计，课堂一下活跃起来。同学们的学习积极性空前高涨，并很快把这道题给算了出来。

还有一次，他刚进课堂就眉飞色舞地说："同学们，今天要请大家当一回侦探……"同学们一下傻了眼。曹先生笑着继续说："昨天夜里发生了一起盗窃案，有人在墙这边听到小偷在分银子，可不知道有几个小偷，也不知偷了多少银子，要请同学们帮助破案。"同学们一下忘了是在上算术课。这时曹先生又念起了顺口溜："隔墙听见贼分银，不知人数不知银，每人四两多四两，每人半斤少半斤。要问盗贼有几个？到底偷了多少银？"听得同学们如痴如醉。原来这又是一道趣味算术题。

在曹先生的调教下，同学们对算术课有了浓厚的兴趣，我们班的算术成绩也迅速提高。每天大家都等着上算术课，我对数学的爱好就是那时打下的基础。不久，小学毕业了，但同学们一直忘不了那位曹先生。我们聚到一起，总会自然地讲起他。后来一个偶然的机会听说曹先生离开学校了，我们都很愕然。原因谁也说不清。

这倒让我更加想念曹先生。曹先生的一幕幕时常浮现在我的脑海里。

曹先生走路总是目不斜视，腰杆挺得笔直，很有军人风度。他说话也干脆利落，就像机关枪喷子弹一样。我记得，那年九月十八日，他走进教室没有急着讲课，而是先问我们九月十八日是什么日子。我们许多人都答不上来，他语重心长地说："同学们不能忘记历史呀！今天是我们的国耻日，我们世世代代都不能忘记。"接着，他讲了"九一八"事变，讲了日本鬼子怎么侵略中国，又讲了南京大屠杀。讲到激动处，他眼里泪

光闪闪。接着他又教我们唱起了《大刀进行曲》，当唱到“大刀向鬼子们的头上砍去”时，他简直是声嘶力竭，唱得我们个个热血沸腾……

之后好几年都没有曹先生的消息。

有一年，我突然在小镇上看到一个人，让我有种似曾相识的感觉。只是那个人不穿灰色长袍，也没有挺着腰杆走路。他穿着一件黑色短衫，腰里系着根草绳，裤腿卷到膝盖处，头戴一顶烂草帽，帽檐低低地压着眉梢。他正佝偻着背，吃力地拉着一辆堆满煤炭的板车，板车艰难地缓缓向前移动。

我揉了揉眼睛，不能确定他就是那位风趣幽默而又严厉的曹先生。那个人好像也看到了我，但他慌忙避开我的目光，把头深深埋下去，匆匆地拉车走了。

我的眼前只留下了一个灰扑扑的渐渐模糊的背影，心里却思绪万千……

9 戏院坤三

我记忆中的小镇十分繁华，一条长长的由麻石铺成的街道，街道两边都是门面很大的店铺。那时我不知道小镇之外还有更精彩的世界，只是听见过世面的船老板讲过，洞庭湖那边有个大地方叫汉口。我们这里的大楼房在那里算不得什么，那里街上跑的电车就有房子那么大。还说坐火车可以到上海，上海还有外国人，住的是洋房子。但汉口、上海离我们太遥远，故乡的小镇就是我心中的汉口、上海。

当时，小镇上也少不了戏院。离家不远，就有一座戏园子。一年到头，戏班子走马灯一样，来了又去，去了又来。有唱花鼓戏的班子，也有唱京剧的班子，还有玩杂技的班子。锣鼓胡琴，响得我们这些小孩子心里像猫爪子抓一样。因为那时除了正月十五看花灯、五月初五划龙船可以热闹一阵子外，平常就是看街头卖狗皮膏药的人耍几下拳脚，或是耍猴把戏的老头儿牵只猴子，敲着小锣在街上围一个圈子讨钱。能上戏园子里看戏，就是我们最大的奢望。

因此，我们几个小伙伴不约而同地常常往戏园子门口跑，正像大人们说的那样："那锣鼓丁子勾了你们的魂呀。"

怎么能不勾魂呢？戏台上那些穿着宽大龙袍，头上插着长长的野鸡毛，脸上画着各种鬼画符一样的红脸、白脸，简直太让人着迷。尽管他咿咿呀呀，拉腔拖调的不知唱些什么，但凭那戏园子里的闹腾劲儿就够吸引人的。你看，腰系白围裙的跑场茶倌，携着一把油亮的铜壶——那可不是一般的铜壶，那长长的壶嘴就像长颈鹿的脖子一样，更神奇的是他上茶的特技让人叹为观止。他能将长长的壶嘴从看客的头顶上伸过去，然后不偏不倚地把看客面前小桌上的茶杯斟满，竟没有一滴水洒出来。还有那揣着热毛巾的跑堂倌，不停地在位子间穿梭，只要有人呼唤，他就可以循着声音，从挤挤挨挨的人头上空，随手将热毛巾抛出。只见白色的毛巾在空中划出一道耀眼的弧线，准确地落到呼唤者的手中，让你看得目瞪口呆……

当然，这一切都是从戏园子常客蒋老板绘声绘色的讲述中知道的。因此，我们这些小孩子常常缠着蒋老板，一会儿给他端茶，一会儿给他嘴里叼的烟点火，央求他再讲点儿看戏的事，一直缠到他烦为止。神奇的戏园子对我们的诱惑太大了，我们就像盼过年一样，都盼着有机会到戏园子里走上一趟，也饱饱眼福。

可是，戏园子是你想进就能进的吗？那时，看戏先得从戏园子门口的一个小窗口里买一张票。其实就是一张手指长、两指宽的小纸片，这小纸片价钱可不低哟！听说一斗米的钱才能买两张。我一听，啧啧啧，伸出的舌头半天缩不回去。一斗米呀！够我们一家人吃半个月的。谁能买一张票去看戏，简直是痴人说梦。其实蒋老板告诉我，小孩子看戏是不用买票的。不过，得有买了票的大人领着才行。那时，兵荒马乱，父亲辛苦劳作也挣不到几个钱，常常一个人坐在家里喝闷酒。妈妈一天到晚为一家人的生计唉声叹气，他们哪有心思去看戏？哪有闲钱去看戏？因此我从不敢对他们提关于看戏的事。

不过，有小伙伴说，要看戏还是有办法的，那就是逃票。趁着看戏的人多时，可以像泥鳅一样从大人的胳肢窝下溜进门去。我真想去试试运气。走到戏园子门口，只见戏园子的栅门是道可以左右拉动的木栏杆，从栏杆缝里可以清楚地看到里面进进出出的人，可门口却有人守着。

守门的是个五大三粗的汉子，大家都喊他坤三。他长着四方脸，扫帚眉，狮子鼻，黑黑的络腮胡子，看上去挺吓人的，会让人想到水府庙里的阎罗王。坤三经常穿着一件对襟的无袖短褂，一条刚过膝的阔腿裤子，两只眼睛看起人来像灯泡一样。只要有小孩走近他的栅门，他就恶狠狠地吼着："滚开！别在这碍手碍脚的。"说着还顺手把栅门拉得仅剩一个人能过去的窄窄的缝隙，看样子，就连一只苍蝇都休想从他的眼皮底下溜进去。

我们绕着栅门从这边走到那边，又从那边走到这边，真恨不得像孙悟空一样变成蚊子飞进去。可我们没有孙悟空那样的本领，最后个个像泄了气的皮球，一屁股坐到路边的阶梯上，我们好恨那个坤三。"该死的坤三癞子！"不知谁骂了一句，我们这才注意到，原来坤三是个瘌痢头，难怪大热天还戴着顶黄包车夫的窄边草帽。我们这下可以出一口恶气了，我们几个在一起小声地商议着。哼！你无情，别怪我们无义。我们决定对他发起一次攻击，算是对他的报复。他只要来追我们，我们就四散逃窜，趁机会溜进栅门去。

于是我们几个小伙伴，在栅门前一字儿摆开阵势，朝着他，声嘶力竭地喊起来："癞子壳，扁担戳，戳出油来我有药[①]，么子药？糖嘛鸡屎[②]撇膏药。"

尖厉的喊声，引来众多的看客，何况其他的穷朋友们也对坤三有一肚子怨气，正没处释放。一时间，大伙都趁机冲着坤三讪笑着，嘻闹着，讽刺着，发泄内心的不满。

坤三气鼓鼓的，憋得满脸通红。他怒目圆睁，咬牙切齿，那样子恨不得一口把我们活吞下去。但他还很清醒，不敢擅离岗位，只是捶胸顿足地回骂："你们这群化生子[③]，让我抓着了，不揪掉你们几个的脑壳，我的王字就倒着写。"有人揶揄地笑起来："哈，王字倒着写还是王字呀！"

坤三一时语塞。我们也就更加起劲了，一边唱"癞

① 药：此处读 yō。

② 糖嘛鸡屎：对膏药的形象比喻。

③ 化生子：湖南方言，多用作贬义，比喻年轻人不像话。

子壳，扁担戳……”，还一边跺着脚，打着鼓点子，直到声嘶力竭。

坤三终于忍受不了，一时火冒三丈，忘记了自己的职责，起身像老鹰抓小鸡一样朝我们扑过来。我们一声呼哨，四处逃窜。我瞅准一个空子，灵活地从无人防守的栅门缝隙钻进了戏园子，如鱼得水一样混进观众里。

坤三这才发觉上了当，他赶紧回防，关上栅门，然后气势汹汹地到戏园子里来抓我。那时戏园子的后几排位子，全是在高高的木墩子上钉着长条板子做成的。我人小，一下就从看客们的胯下钻到了位子底下，在木墩子的缝里穿来穿去。坤三个子大钻不进去，只能干瞪着眼。我像是蚂蚁钻到了筛子眼里，他实在没了法子，最后扔下一句话：“你总要出来的，再看我怎么收拾你。”

坤三气呼呼地走了。我像个胜利者，得意地爬上高高的木墩凳子，正儿八经地看起戏来。这是我第一次看戏，真让我大开眼界。只听锣鼓咚锉咚锉一阵敲以后，一个戴着纱帽的黑脸上场了，也不知他是从哪只毛板船的煤炭堆里拱出来的，反正脸儿跟煤炭一样黑黢黢的，只有额头上有一个白色的月亮。听旁边的人说，他是包龙图。接着又走上来一个官样的白脸，不知道白脸犯了什么事，反正，黑脸发了怒，大喝一声，怒发冲冠，竟抬出一把铡刀来像是要砍人，白脸这下慌了手脚。这时，赶来一位头顶珠宝的公主，大呼小叫的，还又哭又闹，黑脸不理睬。然后又出来一位手拄龙杖的老太婆，有人说她是皇帝老子的娘。老太婆竟然对着黑脸破口大骂起来，那样子真有些像我们巷子里的堂客骂街。

起先我对这些人物还有点儿兴趣，甚至希望他们打上一架。可后来，他们并没有打起来，而是扯着嗓子，你一遍我一遍咿咿呀呀地唱来唱去。我这才觉得戏台上吵架，还不如街对门张屠户与毛铁匠干仗，一个操着杀猪尖刀，一个拿着打铁锤子，真刀真枪的，那才叫刺激。我终于耐不住他们无止境地唱，觉得眼皮儿慢慢发沉，最后实在撑不住了，等不到那黑脸铡了白脸，就呼呼地睡着了。

也不知睡了多久，等我睁开眼时，戏园子里已空无一人。台上的大灯熄灭了，只有走廊上还亮着一盏昏黄的灯，像是上了年纪的人那浑浊的眼睛。原来我是被打扫戏园子的人推醒的，他对我说：“孩子，早散戏了，快回家吧！”

我这才急了，飞快地跑出戏园子。街上的店铺早已关门，路上看不到几个行人，显得冷冷清清的。我一阵疾跑，远远看见我家巷子口有一点儿亮光，走近一看，是妈妈提着小煤油灯，正焦急地等着我。第二天，小伙们告诉我，他们昨晚都为我捏了一把汗，原来坤三拿着根长长的竹片子，一直站在栅门口，足足寻了我半个钟头，直到看客散尽，还不见我的影子，他才悻悻地离去。真是好险哪！

以后好多天，我都不敢到戏园子门口去，怕见到坤三，怕他还记着我的仇。

不久，一个消息在票友中不胫而走，说是著名的"猴王"要到小镇公演，席子大的海报贴满大街小巷。听说那猴王是全国三大猴王之一，还是商会的钱会长花了一千块大洋从省城里请来的。钱会长是大盛钱庄的老板，是个票友，他有的是钱。猴王还没到，戏园子三天演出的门票早已被一抢而空。

我们这些小孩子也被猴王弄得六神无主，心里像十五个吊桶打水，七上八下的。第一天演出时，小镇上比过年还热闹，戏园子门口挤得水泄不通。门口除了坤三还多了两个穿黑色警服，挎着匣枪的警察。看来今天要逃票是绝对不可能的，我们只能心痒痒地听着里面热闹的锣鼓声，一心等待着早点儿开栅门。

其实，戏园子有个规矩，当大戏演到尾声时，就敞开栅门，避免散场时太拥挤。这样，也方便了那些买不起票的戏迷，可以看点儿戏尾巴。可不知为什么，那天眼看就要散场，栅门还一直紧闭着。后来终于等到栅门敞开，观众却随之蜂拥而出，原来戏早已散了。事后才知道，猴王在长沙演出，敞栅门的时候有人被踩伤，才决定不敞栅门了。我们最后的希望像肥皂泡一样破灭了，真的好失落。

演出第二天，听说蒋老板和他的太太也要去看，我早早地等在他们的店门口，求他们带我去看看猴王。那天蒋老板做成了一单大生意，兴致很好，竟然慷慨地同意了我的请求，破例带我去看戏。

这是我第一次大大方方地进戏园子看戏。我牵着蒋太太的手，高昂着头往里走，两旁拥挤的人群，像是夹道欢迎我们。坤三在栅门口谦恭地引导着每一位入场的观众。我故意朝他咳嗽一声，不屑一顾地望了他一眼，坤三看着我，全没了平常的那凶样儿。我心里觉得格外痛快。

嗨，有钱看戏的感觉真好！

那一天真让我大饱眼福。猴王果然名不虚传，咚

铿咚铿一阵锣鼓声中，一个跟斗从舞台的棚子上落下来，接着车轮子一样接连翻了十来个跟斗，博得台下一片热烈的掌声和叫好声。接着他又玩起了金箍棒，嗖嗖嗖，真比那风车转得还快，简直连水也泼不进去。台下的观众像点燃了一样，声浪一浪高过一浪，还有人往台上丢钱。我看得两只眼珠子都差点儿掉出来。

当我尽兴地从戏园子里挤出来时，因为人太多，与蒋老板走散了。在门口我看见一大堆人围着，好像在看热闹。我好奇地走过去一看，只见一个人躺在地上，不住地呻吟，身子底下有一摊血，我大吃一惊，那不是看栅门的坤三吗？围观的人议论纷纷，原来是宪兵队的一名军官因为喝酒耽误了进场的时间，栅门早已关上。军官嫌坤三开门太慢，竟不由分说地对他一阵拳打脚踢，把坤三打得躺在地上，然后扬长而去。

坤三是外乡人，在这里无亲无故，戏院老板也早已回家。坤三受伤无人过问，只有一位好心的黄包车夫扶着他，把他送到住的地方。我也跟了过去。在戏园子旁边一条深深的小巷子里，车夫找到了他住的楼梯间，那屋子又矮又黑又潮湿，里面还散发出一股霉味儿。昏黄的小煤油灯下，坤三脸色苍白，头上还渗着血。我站在门边望着他，心里顿生怜悯，可又不知怎样才能帮助他。原来他也是一个可怜的人，我早先对他的怨恨，霎时间烟消云散。

坤三仍闭着眼，嘴唇动了动，轻轻地喊着："水——"我连忙进屋，可四处找不到水瓶。我只得从邻居的水缸里舀了一碗水，泼泼洒洒地走到床边，然后慢慢喂到他嘴里。他的嘴唇轻轻地张了张，随着喉结上下移动，咽下了几口水，接着便昏睡过去。

我回到家，心里却一直惦记着他。

第二天一早起来，我瞒着妈妈到河边钓了几条小鱼，然后约了几个小伙伴去看坤三。坤三还没醒来，我们烟熏火燎地熬好了一碗鱼汤。坤三正好醒过来了，见到我们，眼圈一下红了。这个五大三粗的汉子竟当着几个孩子的面流下了眼泪。我将鱼汤端到他的床边，一点儿一点儿地喂到他的嘴里。坤三吧嗒着嘴说："好鲜！"脸上竟露出了孩子般的笑容。

从此，我们常常结伴去看坤三，有时还给他带两个橘子，或一把红枣。坤三的脸渐渐露出了些许红润，话也随之多了起来。

从谈话中，我们知道了他的身世。他家住在离小镇百余里远的小山村里，奇怪的是他们的村子竟然叫"癞子村"，因为村里大部分人都生秃疮。他告诉我们，村子里的人都很穷，因为山多田少，加上干旱，田里经常颗粒无收，他只得流落外乡，想找个活做。一个远房亲戚介绍他到戏园子守栅门。老板对他很刻薄，要求也很苛刻，他常常不得不装出凶狠的样子，因为要是有人逃票，老板知道了要扣他的工钱。他还告诉我们，他也有一个跟我们一样大的孩子，因为家里穷，小小年纪就给财主看牛，做小工。看到我们，他常常会想起自己的儿子，有时甚至会落下泪来。

就这样，我们和坤三成了好朋友。这让我们看戏得到不少便利，他常常背着老板把我们放进戏园子。我们也很体谅他，看到查票的，就会巧妙地躲起来，尽量少给他添麻烦。

可有一次，我看戏看入了迷，还是被管事的逮住了。管事的像抓小鸡一样逮着我，找到了坤三，要兴师问罪。我机警地说与坤三无关，是我自己翻墙进去的。管事的不信，抓着我走到高高的院墙边，说："你翻，你翻给我看！"我看着两个人高的院墙，腿肚子都有些发抖，管事的却一个劲儿地逼我。

坤三看不下去了，连忙央求："二爷，我们都是当爹的人，别难为孩子了。"

管事的转过身来，气势汹汹地指着坤三的鼻子说："我就知道，你放他们进来的，是不是？"

我以为，坤三会否认的，没想到他竟一口承认下来："是的，是我放进来的。你说怎么办！"没想到他口气会这么硬。管事的瞪大眼，从头到脚打量着坤三，好像是第一次认识他。

管事的气急败坏地说："不错呀！胆子不小嘛，敢跟老子对着干了，我看你是不想吃这碗饭了。"

“不吃就不吃，我就不相信，不看你这个栅门，老子会饿死。”坤三竟像狮子一样对着他吼起来。

管事的先愣了一下，想不到平常言听计从的坤三竟敢对他说不。接着他就怒火万丈，也吼道：“好！你滚吧！”

坤三挺直着腰，回了一句：“滚就滚！”我十分惊愕，没想到事情竟会闹到这个地步，都是我惹的祸，我连忙拉着坤三的手说：“别，别这样！”

坤三转过身，摸着我的头说：“孩子，天地那么大，我就不信会饿死。记住，人穷志不穷。”

说着，他头也不回地走了，那模糊的背影，一直消失在茫茫的夜色里。

我怅然若失，心里总觉得亏欠了他。我很想再见到他，哪怕是说一句道歉的话。可从那以后，我再也没有见过坤三。

后来听人说他离开小镇，下洞庭湖开湖田去了。从此，我对看戏也全然没了兴趣。

10 挑水的阿春

俗话说，六十花甲轮流转。过去，我没有明白这句话的意思。到自己耳顺之年，才悟出了一点儿道理。原来，人过了六十岁，就喜欢怀旧，尤其是喜欢回忆孩提时那些陈芝麻烂谷子的往事。有时候，许多童年记忆里的人物会鲜活地从脑海里跳出来。那情景就像是每年六月六老婆婆在太阳底下翻晒着的红红绿绿的衣服，是那么灿烂。

我童年有一位难忘的人，就是挑水的阿春。

那时候还没有自来水，人们都是取来河水或井水存在缸里用。我们生活在小镇上的人，自然离不开那条绕城而过的资江河。我们喝的是河水，用的也是河水。洗菜，洗衣服，热天洗澡，都是踏着一级一级沿河用麻石垒成的码头下到河边去，吃的水自然也要到河里挑。因此，就有了挑河水卖的职业。那些没本钱做生意，又没有什么技艺的人，就只能挑河水卖了。

阿春就是挑河水的。至今我也不知道他的姓名，更说不清他的身世，只听人家阿春阿春地叫唤他。

我依稀记得他 30 来岁，虽到了谈婚论嫁的年纪，仍是孤身一人，人们称他为老红花伢子。也许是营养不良的缘故，他的脸常年呈菜青色，眼泡很大，像金鱼眼。他的衣服不常洗，常常是换下来挂几天，过后又穿上，早已经辨不出衣服的本色。他终日睡不醒的样子，走路也隔三差五地打着哈欠，就像个没过足瘾的烟鬼。他是靠做苦力维生的，可他的身体并不健壮，有一条腿还不大灵便，走路时总提不起来，拖着地走，听说是小时候得病落下的后遗症。起先他在码头上挑脚，因为总是跟不上大家的趟，只好改挑河水卖了。

挑河水也不轻松。要从河里挑一担水，爬上几十级陡峭的石阶，真跟拜南岳菩萨一样，双腿会像灌了醋一样酸溜溜的。上得街来，人就像热天的狗一样大张着嘴吐出舌头，光有出气的份儿。挑河水收入也低，一担水挑到家，不过几文钱。一天挑下来，能挣到米钱就没有菜钱。我常常看到阿春到对门的杂货店，刮一文钱原酱，用荷叶捧着回家下饭。原酱是酱园里用黄豆做过酱油后剩下的酱渣子，有点儿咸，但很鲜，价钱便宜，穷人家都喜欢用它下饭。

阿春生性懦弱，有人形容他，一个蚊子叮到脸上，也不敢用巴掌去打。因此，这条街上，连小孩子都敢辱骂他。

每天，他吃力地挑着水从麻石街上蹒跚而过时，总有些喜欢恶作剧的调皮孩子，跟在他身后学着他一步一拖的样子，怪腔怪调地喊着："驾渡船啰——"

而他不惊也不恼，像个聋子似的，依旧低着头旁若无人地走自己的路。那些孩子遇上这么个不还嘴的，也觉得索然无味。但一个小家伙竟拾起地上一根带泥的竹篾片，伸进他后面的水桶里，使劲地搅了搅，一桶清水顿时变得浑浊，像酱油水一样。

阿春回头一看，脸上的肌肉痛苦地抽搐着。围观的孩子们傻眼了，他们等待着一场暴风雨，可大家还是失望了，连片乌云也看不到。阿春虽然脸色难看，但老半天才从嘴里憋出一句："小祖宗啊——"可连这一句话也没说完就没下文了。

旁边铁匠铺里性格耿直的毛铁匠看不下去了，手里的锤子在铁砧上铛一下敲得火星直冒，呵斥了一句：“小贼崽子，太害人了！”然后提着锤子追出来，赤脚踏在麻石板上，咚咚咚像打鼓一样。

领教过毛铁匠厉害的孩子，呼啦一下四处逃窜。阿春望着替他打抱不平的毛铁匠，嗫嚅着却没说出半句感激的话来，只是冲他苦笑了下，转身把一担水泼到街上，又默默地拖着腿下河去了。

毛铁匠望着他佝偻的背影，不由得叹了一口气：“唉，真是个糯米砣子呀！”

俗话说，马善被人骑，人善被人欺。阿春自然逃不脱被人欺侮的命运。

小巷子里住着一个杨寡妇。她的丈夫本是驾船的，常年跑邵阳，下洞庭。有一年驾船去汉口，在洞庭湖遇上顶头风，船被打翻，人也不知下落。有的人说冲到长江里去了，有的人说是喂了江猪子①，反正就这样莫名其妙地失踪了。当时她不到30岁。杨寡妇生性泼辣，大家都称她为“螯赖子”，所以她一直独身，没人敢娶她。杨寡妇靠丈夫留给她的一点儿积蓄生活，日子

① 江猪子：江豚。

过得紧巴巴的。她为人小气，也格外刁精。平时买小菜，也要顺手牵羊，不是拿一条黄瓜，就是捎几根小葱。她家没有劳动力，也是常年要买河水吃的人家。她看准了阿春老实，常常把他当软柿子捏。

按说，常年买水吃的人家按月包水，既省事又省钱。而杨寡妇偏要买零水吃，因为她心里有个小九九，要变着法子打阿春的主意。阿春见了她就像老鼠遇见了猫。

阿春腿脚不方便，挑水总有点儿泼泼洒洒的，从河边的码头上到小巷子里，长年有一条永不干涸的水渍，那就是阿春留下的。当然，那不光是他泼洒的河水，也有他苦涩的汗水。

有一天，阿春吃力地挑回一担水，正要往杨寡妇的水缸里倒，杨寡妇走上去，一把扯着他的水桶绳说：“哎——慢点儿。”

阿春不知什么事，只好把水桶放下，然后茫然地望着她。

杨寡妇双手叉腰，柳眉倒竖，嘴巴搽了油一样挖苦地说：“你呀！真是老实鼻子空，肚里打灯笼呀，竟敢在关公面前耍起大刀来了。”

阿春被他一顿数落，却没弄清个子丑寅卯来。他摸不着头脑，两眼睁得铃铛大，怔怔地望着阴沉着脸的杨寡妇。

“你也会耍奸猾啊！”杨寡妇指着他的水桶说，“你看，你看，才挑半担水呢，你却要收我一担水的钱，你以为我的钱是大街上捡来的，还是做贼偷来的呀……”

阿春被她一顿抢白，脸憋得通红。他真没想到杨寡妇会这般刻薄，大家都知道他腿脚不灵便，平常挑水泼洒一点儿是常有的事，就算洒了点儿水，也没有洒半担哪。阿春就像茶壶里装饺子——有嘴倒不出，只是傻愣愣地望着她。

杨寡妇倒装出一副大人不计小人过的样子来，说：“我也懒得跟你计较，今天你挑三担水，我算给你两担水的钱，行不？”

阿春无话可说，他知道，这个雁过拔毛的杨寡妇，是成心要玩他。唉，多挑一担就多挑一担吧，反正力气是用不尽的，阿春只能自我解嘲地想着。这一点他像鲁迅先生笔下的阿 Q，容易自我安慰。

哪知杨寡妇却得寸进尺，不几天又弄出个新名堂。

阿春买不起米，常常吃红薯，肚子里就常常气鼓气胀的，总是放屁。杨寡妇据此心生一计。这天，她又扯着阿春的担子说："对不起了，我只能要你前面的这桶水。""为什么？"阿春傻了眼，不知杨寡妇肚子里又有什么花花肠子。

杨寡妇说："你挑着水一路放屁，后面的这桶臭水，叫我怎么吃？"

阿春真是哭笑不得，他还真第一次听到这种话，连连摇着头，不知如何回复，只是问："你说怎么办？"

杨寡妇说："怎么办？以后我只要你前面的这一桶水，一担只算半担的钱。"

阿春明白了，她又在变着法子算计他。可他也只能打落牙齿往肚里吞，因为像杨寡妇这样长年买水吃的人家不多，他不想丢了这个常客。

阿春正准备把后面的那桶水往天井里倒，杨寡妇却灵巧地用脚盆接住，一边接水，一边说："放了屁的水，洗衣服还是可以的，倒了可惜呀！"

当然，世界上好人也是有的，阿春也有碰上好人的时候。这个好人就是住在这条巷子里的一位读书人——肖先生，听人说他在光绪年间考过秀才。俗话说，读书人只吃一笔筒子饭。大概肖先生就是这样，人长得瘦筋巴骨，风车架子一样，肩不能挑半斤，手不能提四两，也是个长年买水吃的人家。

尽管肖先生是“万般皆下品，唯有读书高”，但他因为长年生活在贫民圈子里，从不轻视劳动者。

肖先生每次要水，总是很客气地对阿春说：“阿春，请您帮我挑担水吧！”

每逢这时候，阿春会感到受宠若惊，因为这让他觉得自己是个真正的人。出于感激，每次挑完水，他从不主动伸手要钱。当然，肖先生也从不会少他半分钱的。

一个秋风瑟瑟的傍晚，阿春剩下最后一担水要挑。大概有些疲劳，他挑着一担空桶晃悠悠地正准备下码头，不料脚下一滑，一个趔趄倒在地上。刚开始，人们并没在意，因为码头上滑倒人的事时有发生。

可码头旁切烟丝的金大妈看他半天没有站起来，走过去一瞧，哎呀！只见阿春倒在地上，双眼紧闭，面色惨白，不省人事，嘴里发出像猪打鼾似的声音，吐出的白沫子糊了一嘴。

金大妈大声喊起来：“来人啦！阿春晕倒了！”

一下子好多人围上来，大伙七嘴八舌地议论，挑箩脚的润保子说：“阿春这是发猪牢疯哩，他一定是烧过猪栏板子。”

铁匠铺的坤憨子说：“不，你看他打猪鼾，兴许是前世的猪崽子投的胎。”

大家七嘴八舌，谁都没有主意。幸好肖先生来了，说这是癫痫病。他连忙请来两个小伙子帮忙，用凉板把阿春抬到他的家里，让阿春平躺下，解开上衣，先在胸脯上抹了些凉水，又打来一盆热水洗干净嘴边的白沫。然后从银柜里翻出一瓶叫不出名字的药，说是土单方，用酒冲着，让他服下。这药还真灵验，不多一会儿阿春果然苏醒过来，睁开眼望着大家，然后疑惑地问：“这是怎么啦？我怎么躺在肖先生家里？”

旁边有人说：“你刚才在码头上发猪牢疯哩，就像死了一样，好怕人的样子。多亏肖先生救了你，还不赶快谢谢人家。”

阿春这才恍然大悟，原来他从小就有这个病。他连忙跪倒在肖先生面前，连连叩着头说：“谢谢先生救命之恩。”

肖先生连忙扶他起来，说：“没什么，隔壁邻舍当亲房哪！总不能见死不救吧！”

阿春再三谢过，又起身要走，肖先生却一把拉住他说：“你才刚好，先休息下。”肖先生留他坐下，又看看时辰，连忙吩咐夫人赶快做饭，他要留阿春吃了饭再走。阿春死活不肯，肖先生说：“王司敬民，罔非天胤。何况老夫？”他见阿春不懂，又说：“远亲不如近邻，你我就不要客气。”阿春再也无话可说，只是觉得肖先生满肚子文墨，说的话自然在理。

阿春拗不过肖先生，只好客随主便，坐到了饭桌前。不过他刻意将双手在衣服上反反复复擦了好多遍，这才敢伸手拿筷子。肖先生看他那窘迫的样子，也不再说他，只是递过酒杯让他喝一杯酒。阿春受宠若惊，接过酒杯恭恭敬敬地喝了下去，脸上立时现出少有的红润，舌头也比平时灵巧了许多，张开嘴说：“劳烦了肖先生，真不好意思。”

肖先生关切地问他：“你一个人真不容易，还是要成个家呀！”

阿春听了不禁心头一热，他还从未听到过这样关心他的话，禁不住感动得流下泪来，连连说：“肖先生，您是好人，您是好人，来，我敬您一杯。”

肖先生喝下他敬的酒，接过他的话说：“你一不骗人，二不坑人，三不欺侮人，老老实实靠自己的力气吃饭。你也是好人哪。”

阿春有生以来第一次听到有人夸他，兴奋得一连敬了肖先生三杯酒。

从那以后，阿春就把肖先生当作自己的亲人。每天出门，总是先给肖先生挑满一缸水。肖先生家有什么体力活，他也争着去干。而他却从不提工钱的事，当然肖先生也决不亏待他，从不欠他的水钱。每月初一，总是把水钱算得一清二楚。

有一阵，镇子上突然有了落水鬼的传闻，而且还说得有鼻子有眼的。

起先是从毛铁匠那里说出来的。有一晚，他酒喝多了，半夜起来到吊脚楼上小解，不经意间往河里一看，突然看到月色朦胧的河面上，分明有一个人影子。他擦了擦眼睛仔细一看，只见那个人从水里钻出来，头发披散着，浑身湿漉漉的，一步一步走上了码头。呀，一个落水鬼！毛铁匠吓得尿都没尿完，就赶紧往屋里跑。

第二天，落水鬼的传闻就不胫而走，而且越传越离奇。有人还绘声绘色地说，落水鬼穿的是一件花衣服，那分明就是去年投河的莲娥娘。还煞有介事地说，前天就是她屈死一周年，她是回来找伴的。一时小镇上人心惶惶，每家的大人都对小孩子嘱咐了又嘱咐，不准到河里玩水。有的家里甚至还把水缸都盖起来。一个夏天，竟然没人敢下河去洗澡。直到立秋后的一天，人们才揭穿那个谜。

那一年的秋老虎特别厉害。立秋几天了，还像三伏天一样，小镇上的人耐不住炎热，每天傍晚都搬个竹床，在大街上歇凉。半夜过后，气温渐渐下降，大伙就纷纷回屋去了。只有炒坊里的年轻人南猛子还贪图凉快，一个人睡在大街上。三更过后一觉醒来，只见幽幽的月光下，一个模糊的人影从河边的码头爬了上来，竟然还挑着一担水。南猛子惊得冒出一身冷汗，大喊一声："落水鬼！"连鞋也顾不上穿，光着一双脚丫子就往屋里跑。

喊声惊动了大家。有胆大的打开门一看，码头上果然走来一个人，还泼泼洒洒地挑着一担水。大伙定睛一看，原来那是挑水的阿春。阿春好像没看见人，只是低着头，傻愣愣地往巷子里走。

有人追上去问："阿春，你半夜挑什么水呀？"

阿春这才懵懵懂懂地转过身，怔怔地望着大家。他自己也莫名其妙："我不是睡在床上的吗？"他只依稀记得，睡梦中隐隐约约好像听到杨寡妇在喊他："阿春哪，你躺尸呀，老娘的水缸里晒谷了哩。"于是他慌慌张张起了床，挑起水桶就往河里走。

大伙听他一说，这才明白过来，阿春是在梦游啊。医生说，梦游是一种病。

梦游竟然会到河里挑水，这是多么危险的事呀！大伙不禁为他担心。可好在这样的事再没发生过。

转眼到了第二年春天，大家担心的事还是不可避免地发生了。

那是桃花雨的时节，当地有句俗语："资江河里有个鬼，三点麻雨子涨河水。"上游的桃花汛下来，码头上挑水的平台很快就被淹没。

那一天，已经艳阳高照，细心的金大妈却一直没看见阿春出门，心里不禁有几分疑惑。肖先生也觉得奇怪，平常阿春很早就给他送水的，今天快吃中饭了还不见他的影子。于是他们一起找到阿春家，门虚掩着，阿春的人不在，一担水桶也不见了。一个不祥的念头涌上心头。难道他又在半夜里梦游去挑水？

小镇上的人分头四处打听。后来还是住在庙里的新化老头儿说，天快亮的时候，他看见阿春挑着水桶下了码头。

阿春准是又梦游了。

大伙来到河边，果然在码头上发现了他的一只鞋。人们沿着资江往下找了十多里，也没有见着阿春的人影。

直到傍晚才传来一个惊人的消息：有人在几十里

外的清水潭宝塔底下，看见一具浮起的尸体。大伙一窝蜂赶到清水潭，经过辨认，果然是阿春，不禁一阵唏嘘。有人推断，他应该是半夜梦游到河里挑水，一脚踩空，被水冲走的。

阿春就这样无声无息地走了，可他在小镇上无亲无故，没人帮他料理后事。好心的街坊邻居四处凑钱，这才草草地把他的丧事办了。出殡那天，来了不少的人，其中有肖先生、毛铁匠，也有杨寡妇。

从此，小镇上再也看不到挑水的阿春。从码头到麻石街再到小巷，再也见不到那条湿漉漉的水渍，我的心里也觉得少了些什么。当然，还有人会经常提起他，就是那些吃挑水的人家，包括肖先生，当然也有杨寡妇。

细妹

我有个很可爱的妹妹，家里人都喊她细妹。小时候我真浑，老是跟细妹过不去。

其实，是多嘴的邻居五婶种下的祸根。那时还没有细妹，家里除了姐姐，三兄弟中数我最小，自然有种特权，三岁了还在妈妈怀里滚来滚去的。

后来妈妈的肚子大起来，五婶总幸灾乐祸地对我说:“哈，有人要掉价了。”于是我莫名其妙地着急起来。

不管我怎么着急，妈妈的肚子还是越来越大。一天，妈妈的房门突然关得紧紧的。爸爸急急忙忙请来五婶和满阿婆，她们神秘兮兮地忙进忙出。

我好生奇怪，趴在门缝边往里瞧。五婶正好端着盆热水走来，她伸出手拎着我的耳朵，连声呵斥着：“走走走，别在这儿碍手碍脚的。”

说着，把门推开一条缝儿，使劲挤进去，又砰的一声关上了门。

过了好一会儿，突然，房里哇地传来哭声。一直坐立不安的爸爸脸上掠过一丝笑意。房门吱呀开了一半，五婶探出半个身子，冲爸爸喊：“二先生，恭喜你，添了位千金！”

我不知是悲是喜，五婶伸出滑腻的指头点了点我的鼻子：“你当哥了，这回真的掉价喽，别哭鼻子。”

我真的尝到了掉价的滋味。自从有了细妹，我再也没有机会在妈妈的怀里撒娇了，在家里渐渐受到了冷落。过去，只要我一声咳嗽，妈妈就大惊小怪地把我揽到怀里，心肝宝贝地叫着。一会儿摸摸我穿的衣服够不够，一会儿俯下身子用温暖的嘴唇贴着我的额头，试试烫不烫。要是真的感冒，就会用小砂罐熬上一碗黑黑的艾叶水，再煮一个鸡蛋，尽管放上很多红糖，那艾叶水还是苦得难以下咽。妈妈只能哄着我，最后没了法子，才让哥哥捏着我的鼻子硬性灌下去。艾叶水是喝了，但我又踢又闹四处发泄。妈妈只好把哥哥当替罪羊，一边骂他："你真坏，怎么把这么苦的东西给弟弟喝呢？"一边装模作样地在哥哥的屁股上扇一巴掌。当哥哥委屈得哭起来，我这才破涕为笑。

我摸准了妈妈的脾气，有时故意在她面前咳嗽，乐得躺在妈妈那温软的怀抱里撒上一会儿娇。

可现在一切都只是美好的回忆。有时我实在忍受不住寂寞，悄悄傍到妈妈身边。妈妈正专心地奶着细妹，看我贴过来，连连翘着下巴与细妹说话："看你哥哥，还想吃奶呢，羞不羞哟。"我受了顿奚落，恨恨地瞥了妈妈一眼，咚咚咚地跑得远远的，恨不得把地蹬出洞来。我眼里含着泪却没人安慰我一句，只有哥哥老远抿着嘴巴在幸灾乐祸地笑，我真是伤心极了。

妈妈的心思全放在细妹身上。不管在忙什么，只要摇窝里的细妹有半点儿动静，她准会慌慌张张地跑过来，紧紧抱着细妹，又摇又拍，嘴里像唱歌一样哼着："宝宝，不要怕，妈妈在这里。"

我听得心里发凉，"宝宝"本是我专用的称呼，现在竟让细妹霸占了。我真想哭，但哭有什么用？过去哭是我的王牌，要怎样就能怎样。可现在王牌失灵了，哭吧，就是肚脐眼被哭出来，妈妈也不会理的。

这一切都是因为有了细妹，我不由得恨起细妹来。

只要爸爸妈妈抱着细妹，我就装出一副不屑一顾的模样，只有大家都不在时，我才会悄悄走近摇窝，想看看这冤家妹妹的模样。难怪细妹让妈妈喜欢，她长得太俊了，红红的苹果一样的脸蛋，一对大大的、黑黑的、水汪汪的眼睛，小脸蛋白嫩得像奶一样，小嘴巴红润得像熟透了的樱桃。她好像早就认识我，竟对我咧开小嘴甜甜地笑着，还从被子里伸出两只白莲藕似的小手，想要我抱。难道真是“人亲骨头香”？我忍不住抱起她，亲了亲。

自从有了细妹，我就失去了往日的自由。细妹要睡觉了，妈妈就冲我喊：“去，哄妹妹睡。”我只好极不情愿地摇着她的摇窝。细妹一觉醒来，妈妈又会喊：“去，逗妹妹玩。”我只好翘着嘴巴给她晃起铃鼓。

就这样，我简直成了细妹的“奴隶”，常常窝着一肚子火没处发。一次，妈妈又让我摇细妹，不知为什么细妹老是哭。妈妈老远地就在房里喊：“又不耐烦啦？就不会哄哄妹妹，只会逗她哭。”

我没好气地冲细妹嚷着：“谁让你哭？”我狠狠地推着摇窝，不料用力过猛，摇窝翻倒在地，把细妹扣在下面。

这下可闯了大祸，听到细妹撕裂人心的哭声，妈妈从厨房里急急忙忙跑出来，顺手扇了我一个耳光。这是妈妈第一次打我，我哇地大声哭起来。

妈妈一边哄着细妹，一边不断地数落我："当哥哥的，还跟妹妹怄气，你忘了自己吃奶的日子呀！"真的，我一点儿不记得自己还有过吃奶的日子。

我盼着细妹快点儿长大，自己就能获得解放了。可想不到细妹会走路时，更把我拴住了。细妹在前面摇摇晃晃地走，妈妈就吩咐我在后面一步不落地跟。细妹嚷着要出去玩，也不管愿意不愿意，我都得跟着她，当她的"保镖"。

我气冲冲地走在前面，细妹乐颠颠地追上来："狗狗，等等我！"她老把"哥哥"叫成"狗狗"，我不得不一次又一次地纠正她："是哥哥，不是狗狗。"细妹望着我的嘴巴，一字一顿地学着："是狗狗，不是狗狗。"你看，还是狗狗。我失去了耐心，只得自认倒霉当"狗狗"。

也不知为什么，细妹很会讨大人喜欢。奶奶有腰痛的毛病，歇下来就让我替她捶捶腰。我猴急惯了，哪有那份耐性。常常眼睛望着大门外，心不在焉地东一掌西一拳，总是捶错地方。奶奶直嚷嚷："哎哟，你怎么往我肩膀上捶呀？"刚找准部位捶了三下，我就耐不住要尿尿，两只脚猴急得直跳。

奶奶一眼识破了我的鬼花样，连连斥责我：“你呀，懒牛懒马屎尿多。走吧，走吧。”我不管懒牛懒马的，乐得一蹦三尺远。

这时候，细妹会乘机凑上来，小嘴巴甜甜的：“奶奶，我跟您捶。”说着举起小拳头，一下一下轻轻地捶，一边捶一边讨好地问：“奶奶，还痛吗？”奶奶惬意地眯缝着眼，眼角边的菊花纹舒展开，不住称赞：“哟，真是奶奶的好孙孙，比你哥强多了。”

我远远地瞪着扬扬得意的细妹。哼，马屁精！

老糊涂的奶奶还真够偏见的，之后也老盯着我的缺点：“你呀，自当了哥哥，处处抵不得妹妹。”

你看，都否定一切了。当然，我也承认细妹有她的优点。比如家里来了客人，不管是熟悉的还是陌生的，爸爸总是命令式地要我们叫伯伯、叔叔或者婶婶、阿姨。每逢这时候，我就觉得嘴皮子像有千斤重，怎么也张不开。而细妹的嘴巴却灵巧得很，不用爸爸教，就会伯伯、叔叔地喊，逗得客人们不住地称赞她有礼貌。

还有，细妹挺会跳舞，她跳“咪咪小花猫”，那个娇态劲儿，连我都嫉妒。当然，我不会跳那种女孩子跳的舞蹈，因为我是小小男子汉。其实，男子汉并不那么好当，尤其是有个宝贝妹妹的哥哥不好当。在细妹面前，我永远矮三分。要不，妈妈张口就是教训我："你是哥哥呀！"好像当哥哥的就活该。

特别让人气愤的是，不管什么事，爸爸妈妈总偏袒妹妹。

所以，我总想找个机会超过她。有天，细妹在玩"踢房子[①]"，我故意说："你踢得不好。"

细妹不懂激将法。我只好跟她说："我跟你比赛，好不好？"

"比就比。"

"那要打赌。"我望着她口袋里的花生，说，"你输了，花生都给我吃。"

"好。"细妹答得挺干脆，但她想了想，反问了一句，"你要输了呢？"

"我——"我摸摸口袋，里面什么也没有。我想了想说，"要是我输了，就不要你喊哥哥了。"

"那好。"细妹拍着手，"哥哥输了就喊我作姐姐喽。"

①踢房子：旧时孩子的游戏，在地上画一个由多个方格组成的"房子"，在"房子"的底层摆上一块小石头或小珠子，让小孩单脚把这块小石头或小珠子踢进方格里，直到踢完地上画的每个方格，才算成功。

我轻蔑地望了她一眼，我就不信赢不了这个小不点儿。

真比起赛来，我倒有点儿紧张。不是有力使不上，就是用力太猛，算盘珠骨碌碌往外滚，一连几次出界。

细妹好得意，乐得跳起来喊：“哈，哥哥输了，哥哥输了！”

我有些不好意思，当哥哥的竟输给了妹妹，但我是煮熟的鸭子，只有嘴巴硬：“你别高兴得太早，我是故意输给你的，我怕你输了会哭鼻子呢。”

“真的？”细妹眼睛睁得圆圆地望着我，竟相信了我的胡话。她到底没我狡猾。

“当然。”我眨眨眼睛说，“你看，每次我都故意用很大的力。”

细妹天真地说：“我输了不哭鼻子，好不？”

“好，我们再比一次。”看细妹中了我的计，我暗暗高兴，下决心要挽回面子。

这一次，我踢得好认真。当哥哥的决不能败给妹妹。

可世界上的事情就是这样，你越害怕的事，越会发生。小小的算盘珠故意跟我捣蛋，要么赖着不肯走，要么像小老鼠一样，窜得远远的。而到了细妹脚底下，又显得那么服服帖帖。细妹像只灵活的小鸽子跳来跳

去，轻松自如。

唉，这回又输了。细妹乐得一蹦三尺高："啊，哥哥又输啰！"

我脸上一阵发烫，真恨自己不争气，可我又不愿在细妹面前服输。我故意装出讲道理的样子，问："你知道比赛有规矩的吗？"

细妹一脸茫然，眨巴着眼问我："什么规矩？"

我装成一副老成的样子，说："三盘为定呀。"

"三盘就三盘。"细妹反正得听我的。我想挽回败局，但运气实在是不好，不管怎么尽力，最后还是输了。

细妹得意地笑着："输啰，输啰，我不叫你哥哥啰。"

我好难堪，大概谁也想不到，一个人输了"哥哥"是什么滋味。好半天我才清醒过来，为了打圆场，我不得不搜肠刮肚，终于想出了一个理由："本来你不是我的对手。今天我肚子有点儿痛，不信，明天再比。"

一听我说肚子痛，细妹便关切地问："会不会是肚子里长虫子啦？"

我望着她着急的样子，心里有种说不出的感受，唉，傻得可爱的妹妹啊。

面对那么纯真的细妹，我不能再骗她。细妹见我摇着头，又问："是肚子饿了吧？"

我没吱声，细妹连忙从口袋里抓出一把花生塞到我手里："哥哥，你吃。"

我望着黄澄澄的花生，肚子里的馋虫爬出来。我忘了哥哥的尊严，剥了一颗往嘴里一丢。哟，又脆又香，味道好极了。不过，我真怕细妹惦记我说的那个"明天"。

幸好，到了第二天，细妹再没提起比赛的事，也好像忘记了我跟她打赌输掉"哥哥"的事。她还是亲热地叫我哥哥。

从那以后，我和细妹的关系越来越亲密。不管是抓蛐蛐，还是钓鱼摸虾，我都会主动带上她。大伙都说细妹成了我的跟屁虫。

细妹长到五岁，妈妈又生了个小妹妹。一家八张口，生活够困难的，爸爸只得带着两个尚未成年的哥哥外出谋生。妈妈除了带孩子，还得给人洗洗缝缝，补贴些家用。

邻居玉婶婶看着妈妈辛苦劳碌的样子，常常叹息。有一天，她喜形于色地来到我家，关在房里与妈妈嘀嘀咕咕了好一阵。

我好奇地走进去，妈妈和玉婶婶都不说话了。我看见妈妈两眼红红的，连忙问："妈，你怎么了？"

妈妈用手背擦了擦眼，支支吾吾地说："沙子吹到眼睛里去了。"

我趴到妈妈的身上："来，我给您吹吹眼睛。"

妈妈把身子一扭，这时我发现妈妈的眼角亮晶晶的。妈妈怎么哭了？我心里莫名其妙地惶恐起来。

这一天，妈妈一直心神不定，我的心里也像揣着个小兔子。

晚上，我睡不着。妈妈坐在床沿上，就着豆大的灯火做针线活，隔不多久，就转过身瞟我一眼。我知道，妈妈一定有什么心事。

突然，妈妈"哎哟"一声。我猛地翻身起来，只见妈妈把手指头含在口里，不住地吮着。一定是针扎破了手指头。

我呆呆地坐着，愣愣地望着妈妈。妈妈一下拉着我的手，心事重重地说："伢呀，爸和哥出远门了。你就是家里唯一的男子汉了。妈妈今天有件事，要跟你商量一下……"

说到这里，妈妈打住了，神色冷峻地看着我。

我突然紧张起来，有种预感，家里会发生什么大事，我睁大眼睛望着妈妈。

妈妈沉默了一会儿，接着说："家里的难处你知道，这么多嘴都落在你爸爸身上，我也没法子了。如今，玉婶婶给你细妹找了个人家，隔这十几里，两口子没孩子，想把细妹过继去。他们家有饭吃，有衣穿，比跟着咱们强……”

我突然明白了，妈妈是要把细妹送给别人家。我全身的血突然往上涌，只觉得脑袋猛地涨得老大老大。我一下觉得自己已经长大了，望着妈妈，大声说：“不，不能把妹妹送人，就是饿死，我们一家人也要死在一块。”

我说得十分坚决，连妈妈也吃了一惊。她望了我好久，然后一字一顿地说：“好，我听你的。要死要活，一家人永不分离。”

大概那是我生平第一次有了做哥哥的样子。从此，我变得懂事了，以后不再跟着小巷里的孩子打打闹闹，也不再玩铜钱、斗蟋蟀。我起早贪黑跟着妈妈，挑起家庭的重担，负起了一个哥哥的责任。

现在回想起自己的人生历程，应该就是从那一天开始走向成熟的。

12 二海哥

二海哥比我长十岁，是大舅的儿子。

那一年，兵荒马乱的，城里待不下去，爸爸把我送到乡下大舅家。

二海哥长得文文静静，清癯的面庞，一双充满灵气的眼睛，像个俊姑娘。听说 16 岁那年，村里搭班子演戏，他还扮过花旦。

别看二海哥长我十岁，但还像个大孩子。一有空就跟着我上树掏鸟窝，下塘摸螺蛳，一同到小河里扎猛子。大舅总沉着脸教训他："你呀，太不谙事，快 20 岁的人了，还疯疯癫癫的，我像你这么大，早当爸了。"

二海哥的脸一红，窘得两只手不知该往哪儿放，不好意思地说：“爸，您又说这些——”

“怎么了，男大当婚，女大当嫁，传宗接代，天经地义。怎么不能说？”大舅放连珠炮一样地说着。

二海哥却逃也似的跑了。

大舅只是摇头叹气：“唉，这孩子，什么时候才能长大啊。”

后来我才从大人们的谈话中知道，大舅是想抱孙子了。

可自从三月三赶过一次集后，二海哥一下像是长大了许多。他很少再跟我们一起玩，而是常常提着一把胡琴，一个人悄悄躲在村头的一片竹林里，咿咿呀呀地拉个不停。有时还要扯着嗓子唱上一段，可唱的那些词，我一句都不懂。

每次从竹林回家，他总喜气洋洋的。我觉得挺奇怪，在他屁股后头追着问：“二海哥，你是捡了金菩萨吗？”

他冲我甜甜一笑，伸手捏捏我的鼻子，说：“秋伢子，你不懂的。再过十年你才会明白。”

唉，十年——那有多少天呀。我懒得再问，却对他的那把胡琴产生了兴趣。

那是二海哥亲手做的。茶杯大的竹筒，他刷过黄栀子水，金黄金黄的，绷得紧紧的蛇皮油黑发亮，那条蛇是他亲手在菜园子里打死的。还有那弓是真正的马尾做的，只要往弦上轻轻一拉，声音又脆又响，真好听。

二海哥坐在竹林里，右手拉着弓，左手手指灵活地在琴弦上跳动，那优美的琴声就像小溪的水一样，淙淙地流淌着。二海哥陶醉地摇晃着身子，两只眼睛却直直地望着从村头蜿蜒流过的那条小河。

我羡慕得不得了，刚想伸手摸摸琴弦，二海哥却用肘子将我猛地一掀，吼着："去去去，捣什么蛋！"

我不满地瞥了他一眼，从地上爬起来，心里恨恨地说着："二海哥，我讨厌你！"

二海哥却若无其事，望也不望我一眼，我只得快快地走了。

哼，你神气什么？我要自己做一把胡琴。我不敢去捉蛇，但我看见别的小伙伴用鸡食袋做过胡琴。

好不容易等到舅妈杀鸡，我老早就坐在脚盆边，等着她烫水、煺毛、开膛，最后终于得到了鸡的食袋。

一把小胡琴总算做成了，但那声音总不如二海哥的那么清脆、响亮，拉起来就像一个伤风感冒的人在瓮声瓮气地哀号。唉，真没劲！

我把自己的胡琴一丢，就像馋猫看鱼一样，时时跟在二海哥后面，盯着他裤腰带上系着的那把胡琴。

二海哥还是每天往竹林里跑，望着小河拉琴，唱着我十年后才能明白的莫名其妙的歌。

终于有一天，我发现了二海哥的秘密。

那天，我像往常一样，躲在竹林后面，远远地跟着二海哥。这时我发现村头小路上走来一位姑娘。她挎着一个竹篮，走到小河边，在一块石头上坐下来，从篮子里掏出一大堆衣服，慢慢地洗起来。两只水亮的眼睛老是瞟向二海哥坐的那片竹林。

二海哥的琴声突然变得热烈、欢畅，还唱起了我听不懂的歌。但我觉得他那歌声确实格外动人。

那位姑娘听着听着，忘记了洗衣服，那双眼睛散发出迷人的光彩。她凝望着竹林，最后站起身子，飞快地走过去。

走到竹林边上，她倚着一根竹子，伸手拢了拢过肩的黑发。我这才看清那张清秀美丽的脸庞，原来是七婶家的春秀姐姐。

二海哥迎上去，两双眼睛对望了一阵，又默默地低下了头。接着，二海哥伸出手拉着春秀姐姐，向竹林深处走去。他俩肩靠肩挨得那么近，春秀姐姐的脸儿红得像三月的桃花。

我赶紧藏在一丛抱鸡竹的后面，只听他们俩在说着悄悄话。突然，我什么都明白了，啊，原来他们两个相好！难怪有一次二海哥在河里摸到一条大鱼，还要我给七婶家送去，原来他和春秀姐姐……嗨，这鬼家伙！

我连蹦带跳地窜出了竹林，以往对二海哥的愤懑一下烟消云散。哈，二海哥终于要娶媳妇啦，我真为他高兴。

吃晚饭的时候，二海哥还没说话，我满肚子喜欢，悄悄把自己看见的事儿告诉了舅妈。

"真的呀，阿弥陀佛。"舅妈喜形于色，乐陶陶地念着，"春秀是个好姑娘啊，模样儿俊，人又本分，手脚勤快，真是百里挑一……"

大舅坐在一旁没有说话，只是默默地晃着旱烟管，然后使劲地在凳腿上磕着烟末。

舅妈沉不住气了："死老倌子，你说话呀！你说他俩行不行？"

大舅像聋了似的，好像根本没听舅妈说话，他只顾拿着空烟管，吧嗒吧嗒猛吸起来。

舅妈看他神情有些异样，连连问："二海他爸，你透个信呀，是不喜欢这门亲事吗？”

大舅这回好像听清了，但还是没说话，只是摇摇头，深深地叹了一口气。

二海哥倒无忧无虑，那些天做起事来格外起劲，走路像飞一样轻快。他每天还是兴高采烈地上竹林里拉胡琴。

可是不知什么原因，老天像是没有长眼，幸福终究没有降临到他俩头上。

那是秋后的一天，我从外面回来，一进家门就觉得气氛有点儿不对头。大舅和舅妈坐在那里像泥塑似的。二海哥的房门关得铁紧，里面传出阵阵压抑的呜咽声，像是受伤的野兽临死前的喘息。

这是怎么了？我问大舅，大舅抽着闷烟不理睬；我问舅妈，舅妈流着眼泪不说话。我冲过去使劲擂着门，高喊着：“二海哥——二海哥——”可里面什么反应也没有。我急得像是掉进陷阱里的兔子，满屋子乱窜。

这时，村前大路上传来呜里哇啦的喧嚷声和喇叭声。我赶紧出门一看，只见一大队迎亲的队伍走过来，一顶花轿颤悠悠地走过。经过我家门前时，花轿的门帘突然掀开了。奇怪！新娘子竟是春秀姐姐。只见她满面泪痕，两只眼睛肿得像熟透的桃子。她张了张嘴，似乎想跟我说什么，但很快有人把门帘关上了。

我一下呆住了，像是天要塌下来。这是怎么回事，这是怎么回事呀！我觉得恍如做梦一般。

迎亲的队伍渐渐走远了，但那喇叭声就像是春秀姐姐的哭声，一直在我耳边萦绕。

从那以后，二海哥完全变成了另外一个人。再也看不到他的笑脸，再也听不到他的歌声。他常常一个人坐在竹林里，呆呆地望着那条小河，望着河边上春秀姐姐坐过的那块大石头。有时，他也拉琴，但那琴声低沉、凄凉、哀婉，就像在诉说着一个悲伤的故事，让人听着就想哭。

一天，我拉着他的手，哭着哀求："二海哥，你别拉了，我求求你。"

二海哥眼里噙着泪花，抚摸着我颤抖的肩，呜咽着说："好，我不拉了。"

我靠在他的肩上，好久好久都没有说话。后来我低声问他："二海哥，春秀姐姐真的爱你吗？"

"爱。"二海哥毫不犹豫地说，"我相信她是真心爱我的。"

我不解地问："那……那她为什么要嫁给别人呢？"

"她是身不由己呀！"二海哥叹了一口气，"唉——

将来你会懂的。”

将来？又是十年吗？我疑惑地望着他。

二海哥没有再说话，只是望着山的那边出神。我想，春秀姐姐一定是嫁到了山的那边，那个远远的地方。

之后，春秀姐姐托人给二海哥捎过一方白手帕，那上面用五彩丝线绣着两只鸟，还一起在水面上游。直到长大，我才知道那是一对鸳鸯，是象征着爱情的鸟。

一天清晨，天刚蒙蒙亮，二海哥推醒我，把他心爱的胡琴塞在我手里，悄悄地说：“秋伢子，这把胡琴给你作个纪念。”

“你……”我一翻身坐起来，瞪大眼睛问，“你要上哪儿去呀？”

“这儿的空气太沉闷，我实在待不下了，我想到外面去呼吸点儿新鲜空气。”他慢慢地说着，眼睛有些发红。

我理解他，并没有劝阻，只是默默地送他来到村外，然后看着他的身影渐渐消失在晨曦里。

从那以后，我再也没有见过二海哥。有人说见他跟着军队走了，有人说他下南洋做工去了。大舅一直没得到过他的准确消息。我只是常听大舅妈念叨他。

13 更夫老王

在故乡的小镇上，每当夜深人静时，总能听到一阵清脆的梆声从夜空中传来，由远而近，又由近而远地消失在小巷深处。我就是伴着这悠悠的梆声，沉沉入睡的。

我知道，这是位更夫在巡夜[①]。在我家居住的三堡就有一位这样的更夫。大伙只知道他姓王，因此都习惯地叫他更夫老王。

更夫老王约莫40岁，身子骨挺硬朗，长得壮壮实实，

---

① 巡夜：更夫巡夜是旧时一种“报时”方式，更夫敲竹梆子或锣提醒人们时间。从一更到五更，打完五更就代表着天要亮了。

浑身皮肤黝黑发亮，像是烟熏过的腊肉皮。他一副国字脸、铃铛眼、狮子鼻、扫帚眉，加上一脸络腮胡子，乍一看好像阎王殿里的判官。

镇上很少有人清楚他的身世，只知道他是宝庆人。有一年与人合伙钉了一条毛板船，装了满满一船矿石，准备跑汉口做生意。不料时运不济，在老虎滩撞上暗礁，毛板船被撞得支离破碎。慌乱中他抱着一根桅杆，随江漂了几十里，这才捡回了一条命。不过，他的钱财全部打了水漂，连买鞋的钱都没有，只得光着脚板沿资江乞讨，从安化到桃江最后流落到龙麟镇。商会的陈先生看他可怜，让他在镇上当更夫，好歹混一口饭吃。

更夫老王住在一座水府庙里。那座水府庙建于清道光年间，庙里供奉着东吴水军都督丁奉。大殿气势恢宏，旁边有一间分为上下两层的偏房。下层是镇上关押犯人的场所，上层就是更夫老王的住处。房子没有窗户，终年见不到阳光，因此这里的人习惯称为黑屋子。

黑屋子里也没有床铺，地板上铺着一层散发着霉味的稻草，上面堆着一床发黑的破棉絮，更夫老王每天就蜷缩在那堆破棉絮里。黑屋子里空落落的，只在屋角的天花板上吊着一个铁钩子，上面挂一口鼎锅，下面是三块砖头垒成的炉灶。这就是老王的全部家当。

更夫老王的生活十分清苦，一般熬一锅稀粥得吃上两三天。他也从不炒菜，总是到附近的杂货店里买几文钱油姜或原酱，用荷叶包着捧回来下饭。他常常好多天见不到油腥，唯一改善生活的机会是等待镇上有人家办红白喜事。因为他有力气，也肯帮忙，谁家有婚丧喜庆的事都喜欢找他。尤其是那些没人肯干的脏活累活，他都从不推辞。于是，镇上有人去世了，抹尸换衣入棺这些事都离不开他。当然他也乐得帮忙，至少可以打一顿牙祭，让肚子添点儿油水。何况知趣的丧家还会打发一些死人穿过的衣物，甚至还有几个赏钱。因此，只要发现他哪一天穿着体面的衣服，就知道他又在哪里捞了油水。

因为大家都知道，一年四季更夫老王有三季是不穿上衣的。他经常打着赤膊，露出黝黑的胸膛，一条齐膝的卷兜裤，用一条长澡巾束在腰间。更夫老王也从来不在屋里洗脸洗澡，原因很简单，他连脸盆都没有。每天打完五更，他顺路走到河边，双手捧起河水漱漱口，然后取下腰间的长澡巾，就着河水洗洗脸，这才回到黑屋子里睡觉。

下午是他自由活动的时间，他最喜欢的是坐在庙门口晒太阳，一边捉着身上的虱子，一边上上下下地搓着皮肤。他称之为洗干澡。当然，他也有勤快的时候，会跑到河里洗个澡。他没衣服换洗，只能扯竹篙风，就是躲在竹排后面脱下脏兮兮的裤子搓洗一番，然后把裤子晒在竹排上，自己光着屁股躲在水里，一直等到裤子晒干，才穿着走上岸来。

有一次，好恶作剧的满伢子趁他不注意，把他的裤子挂在了河边的一棵小树上。他没法去拿裤子，只能泡在水里干着急。一直等到天黑，河边见不到一个人影，他才从河里跑上来。因为这事，他还掀了满伢子家的杂货摊子。

更夫老王几乎一年四季都穿草鞋。他的草鞋，都是自己做的。我常常看见他光着膀子，坐在街边的石阶上，把稻草扎成一束束的，用木锤轻轻地敲打，直到把稻草打得柔软有韧性后，就骑坐在长条木凳上。木凳前的木齿牙子上，系着几根备好的草绳，只见他把稻草一搓，一拧，来回交替织在草绳上，再用拇指推紧挤压，制成厚实的鞋底；最后把草绳穿过鞋面两侧，编成鞋带，一双草鞋就做成了。更夫老王打更巡夜就穿着自己做的草鞋，因为草鞋经不住走长路，他的腰里总还要系着一双备用的草鞋。

更夫老王的家乡宝庆，是个习武之乡。他从小耳濡目染，练得一身好功夫，听说他一个人赤手空拳打倒过三个汉子。他虽然有副好身手，却从来不肯轻易出手。习武之人是不轻易伤人的。只有一次碰上一伙称霸的强叫化①，他迫不得已才亮了几招，让镇上的人大开了眼界。

小镇上的那伙强叫化，虽然是叫花子，但与别的乞丐不同，他们不以乞讨为生，而是聚众强取豪夺，在小镇上称霸一方。谁家有婚丧喜庆，强叫化会不请自来。他们派头还不小，除了坐上席，还得给红包打发，要不他们就大打出手。反正他们人一个肉一坨，连死都不怕。警察也奈何不了他们。因此，谁都不敢惹他们。

这伙强叫化聚居在竹码头，这是个专门泊竹木排的码头。竹木要上坡，都得给他们交码头费。此外，每年新米上市的时候，这伙强叫化每人手里拿一个洋袜子筒做成的袋子，用铁丝穿着袋口，遇到上街卖米的农民，揭开装米的箩筐盖挖一袋就走。老实的农民更是敢怒不敢言。

① 强叫化：以种种手段强迫对方捐助，强讨强要的人。

这天，一位农村大嫂拖着个五六岁的孩子，挑担米到镇上卖。她刚把米担子放下，就看到了那伙强叫化。她赶紧用箩筐盖盖住后面那箩米，让孩子坐到盖子上，然后自己护住前面的那箩米。哪知没人性的强叫化竟把孩子打翻在地，抢着挖起米来。大嫂看见孩子倒在地上，连忙跑过去抱住孩子，这伙强叫化乘机又对前面那箩米下手。大嫂急了，抱着孩子趴在箩筐上，大声哭喊着："天哪！作孽啊，你们不能抢哪，这是给孩子他爸救命的呀！"那伙强叫化完全置之不理，旁边的人也被吓得不敢出声。

正好更夫老王从这里路过，看见眼前的一幕，不禁怒火中烧。他熟悉这伙强叫化。擒贼先擒王，他赶过去，一把抓住强叫化头子的手，稍一用力，强叫化头子只觉得手像被一把铁钳子钳住，只要再一用力，手就会断掉。他这才明白遇上了高人，连连喊着："大爷，饶命。"其余的强叫化一看情形不对，全围了上来，更夫老王顺势抓起一根扁担，横空一扫，虎虎生风。强叫化谁也不敢近前。更夫老王义正词严地说："你们欺负孤儿寡母，还算不算汉子？还有没有良心？"强叫化都愣在那里，谁也不敢上前。那强叫化头子连连说："大爷，我们不敢了，不敢了。"

更夫老王把扁担往地上一顿，大吼一声：“快把米还给她！”

“是，是。”强叫化头子看着威武的更夫老王，头点得鸡啄米似的。他们纷纷把抢到的米倒回箩筐里，然后瞥了更夫老王一眼，灰溜溜地走了。

大嫂拉着儿子感激地对他说：“谢谢恩人。”说着就要下跪。更夫老王连忙搀扶着她说：“你快走吧，这里不可久留。”

那时，我上学会经过水府庙。刚看到更夫老王那副威严的样子，我们小孩子都离得远远的，很怕他。可久而久之，发现他对人很和蔼，而且喜欢帮助人。

有一天下着大雨，我没有雨鞋，就偷偷穿着哥哥的木屐去上学。木屐是用牛皮做的，木屐底上前后有两根横木齿，上面钉着长长的铁钉。穿着木屐走在麻石路上，会发出嗒嗒嗒的声音，十分好听。因为我年纪小，妈妈怕我穿木屐崴着脚，从不让我穿。

这天我穿着木屐走在麻石街上，听着木屐钉子碰击麻石发出的脆响，觉得非常有趣。我先是大步走着，接着又小跑起来。嗒嗒嗒，嗒嗒嗒，身后传来一阵阵欢快的节奏，像花鼓戏里锣鼓丁子一样。我越发跑得飞快，不料铁钉卡在石缝里，左脚一撇，身子一歪，一下摔倒在地，只觉得左脚钻心地疼。我试着站起来，左脚却怎么也不听使唤了。

我痛苦地蹲在地上，任风雨吹打着我的脸。我一下发愁了，这可怎么去上学呀？

正当我孤立无助的时候，身后忽然涌来一股热气，耳边有个声音在问我：“细伢子，你怎么了？”

我回头一看，只见更夫老王站在我的身后。我连忙说：“我的脚崴了，没法上学了。”

更夫老王二话没说就在我面前蹲下身子，说：“来，我背你去上学。”

我望着他光着的脊背，有点儿迟疑。我和他一不沾亲，二不带故，怎么能让他背我呢？

他见我犹犹豫豫的，就回过头催促我：“来呀，要不会迟到的。”我突然想起老师那张严厉的脸，想起迟到罚站的滋味，再也顾不上多想，连忙爬上他的背。他的背宽大厚实，我感受到从他身上传来的体温，暖暖的。他一直背着我到学校，直到我上课的教室。同学们见到更夫老王背着我，都用异样的目光看着我，我有点儿难为情，低着头不知该说什么好。等我回过头来，他早已走了，我这才记起还没说声谢谢呢。

但从那以后，我便对更夫老王有了好感，还时不时跑到水府庙里去找他。端午节那天，我还特意揣了两个粽子到水府庙看他，更夫老王接过我的粽子，眼眶竟湿润了。

其实，更夫老王在小镇上没几个亲近的人，唯独对一个残疾人格外关心。

那个残疾人没有家，就住在一个瘫子轿里。瘫子轿其实是一间装轿杠子的活动小木屋。过去有些无依无靠、生活无着落的残疾人，因为行动不方便，不能到处乞讨，于是有好心人发明了这种瘫子轿，让残疾人躺在小木屋里，大伙抬着他到东家吃一天，又到西家吃一天，这样像接力一样传送下去。

那个瘫子轿就在三堡地段，里面躺着一个双脚不能行动的人。我偷偷往里看过，那个人大约终年见不到阳光，脸色白得像纸一样。我常常看见更夫老王照料他。不仅时常帮他挪动地方，而且没人送饭时，就帮他到附近的饭店去讨。当时，我十分纳闷，更夫老王与他非亲非故，为什么要照料他。

后来才听别人讲起他们之间有一段难忘的故事。

那还是更夫老王初到小镇的时候，一次巡夜发现一个小偷在同济堂药号的墙脚下掘了一个洞，小偷刚钻进半个身子，就被更夫老王抓住。小偷连忙跪在地上，诉说了自家的不幸。原来他也是个穷苦人，一场山洪毁损了他的家，这才流浪到小镇上，只因乞讨无门，才走上了邪路。

更夫老王十分同情他的遭遇，刚想放了他，不料同济堂的老板闻讯赶来，不但把他毒打一顿，还残忍地割了他的脚筋，然后把他丢在大街上。更夫老王十分愧疚，就请人做了一个瘫子轿，让他能吃上百家饭。

更夫老王的善良得到了大家的认可。慢慢地，小镇上的人开始接纳他，逢年过节还总有人记得更夫老王，给他送点儿吃的穿的。

那一年，从宝庆来了一个人，给他捎来口信，说是他的老母亲思儿心切，抑郁成疾。更夫老王是个孝子，第二天就跟商会告了假，匆匆赶回家去了。

从此，再也没有了他的消息。不过，每当夜色沉沉，小镇上响起悠悠梆声的时候，大家就会想起他。

14 故乡的年

故乡的节日，有许多特别的讲究。

五月初五端午节吃粽子、划龙船，八月十五中秋节吃月饼、烧宝塔自不待言，三月三，要到野地里去扯地米菜煮鸡蛋吃。那是种开着小白花的草类植物，因为老祖宗留下话说：“吃了地米菜煮蛋，走路石头都踩烂。”谁不希望自己力大无穷呢？于是三月三，咱们不像壮族人那样载歌载舞，而是敞开肚皮吃地米菜煮鸡蛋。此外，六月六老婆婆们要晒红绿，就是把家中各样衣服拿出来晒晒。

关于菩萨的节就更多，光观音菩萨就有三次生日。

还有七月半的鬼节，家家都要摆下酒菜祭奠死去的亲人，还要给亡人烧包，就是送上纸钱。烧包时，还不忘已经没有亲人的孤魂野鬼。记得每一次，老祖母总嘱咐着要多烧点儿野钱。

虽然节日很多，但我们最喜欢的还是春节。

俗话说，大人望插田，小孩望过年。因为过年可以吃到很多好东西。年糕、甜酒暂且不提，裹着白粉的脆松松的雪枣，拌着黄豆粉的甜丝丝的酥糖，沾着芝麻酥脆黏软的交切[①]，包着桂花馅的香喷喷的寸金[②]……此外，过年还有新衣服穿，还能得到压岁钱，可以买鞭炮，可以买糖人，到了正月十五还可以看花灯。

我们家兄弟姐妹多，日子不宽裕，不可能年年穿新衣，但新鞋子总有穿的。临近新年，妈妈就把六月天打好的布壳子搬出来，在小煤油灯下给我们赶做新鞋子。因此，每到过年的时候，妈妈的眼睛总是红红的，其实那是熬夜熬出来的。虽然新纳的鞋底有点儿硬，穿在脚上有点儿硌脚指头，但那毕竟是新鞋子，只有

---

① 交切：湖南传统糖食，将白砂糖、饴糖加水溶化，经熬煮浓缩后扯白拉泡，切成匀整薄片，再加热至表面黏软，裹以炒熟的芝麻。

② 寸金：即寸金糖，湖南传统糖食，饴糖调以碱水，经拉扯使成白色硬质饴糖，管状而中空。

过年才有得穿的。

每年开始下雪的时候，我们就扳着指头算日子，好不容易才进了腊月，各家各户开始忙碌起来。大嫂们烧起大火，架上大锅蒸糯米，然后酿甜酒、打年糕，男子们则忙着杀猪、熬酒。我们这些小孩子就围着大人转，为的是能吃上一口软软的糯米饭，或闻闻那谷酒的香气。

到了腊月二十三，大家就忙着送灶王爷上天，大街小巷都可以听到卖糖童子的叫唤："腊月二十三，发财莲子糖，司命上天去，吃了免祸殃。"原来灶王爷组织观念还挺强的，每年腊月二十三还得亲自上天，去向玉皇大帝禀报工作。大家唯恐灶王爷在玉皇大帝面前说坏话，就想方设法用莲子糖和糯米糕堵他的嘴。腊月二十三的那一天，大人在灶前点烛焚香，摆上三个小碟，一碟圆圆的莲子糖，一碟三块印花的糯米糕，剩下一碟是一块四方的豆腐块，据说是给灶王爷垫脚用的。我们小孩子就盯着莲子糖和糯米糕。那小小的莲子糖又甜又香，嚼一颗满嘴的桂花香，一直甜到心里。那些天，屋子里总弥漫着各种香味，让人有种说不出的兴奋。

我们小孩子总能找到属于自己的乐趣。杀鸡的时

候，我们把鸡食袋弄干净，用草管吹起来，吹成气球样，虽飞不起来，但可以当球踢。同时，鸡毛可以扎毽子，因此过年时，随处可见飞舞的鸡毛毽。妈妈磨藕丸子时，我就待在一旁，从藕孔里不时可以拉出一条藕肠子来，比吃藕块有趣多了。至于站在炒锅边，吃上一口刚出锅的花生，那种香味儿，终生难忘。

快过年时，不管富人家还是穷人家，都有打扫卫生的习惯。不但要擦窗户，抹桌椅，还要用长长的竹竿绑上鸡毛掸子，把屋顶上的灰尘都扫下来。等到窗明几净，才在大门两边贴上迎春接福的红对联，堂屋壁上还要贴上写着“百无禁忌”的红字条。

转眼到了大年三十晚就开始守岁。还没天黑，老奶奶就反复对我们这些小孩子讲：“今天晚上要守岁，不能讲的话就不要讲啊。”那样子唯恐我们说错一句话。大年三十说错了话是很不吉利的。

吃年夜饭又叫吃团年饭。一家人围在一起乐呵呵地喝酒，连小孩子也得喝，不过小孩子喝的是那种甜酒汁。吃年饭很有讲究，“团年”必须从半夜开始，一直要吃到大年初一的天亮，所以平时哪个孩子吃饭吃得慢，大人就要说：“你团年哪。”

在我的记忆中，每次吃团年饭，都是妈妈把我从火厢[1]里拽起来的。因为，开始守岁的时候，总是很兴奋的，夜空中不时闪烁着礼花，远近不时传来爆竹的响声，何况还有各种零食陪伴着。但到了半夜，瞌睡虫就找上门来，忍不住打哈欠，眼皮儿像粘了糨糊，怎么也撑不开。最后终于支撑不住，只好睡在火厢里。因此，总是被妈妈从梦乡中拉回来，人还糊里糊涂的，那么多好吃的菜，就像俗话说的“乌龟吃荞麦”，都没吃出个滋味来。

爆竹声声辞旧岁。天亮了，新年也就到了。

新年的第一件事，就是给长辈拜年。那时拜年并不像现在这么简洁。长辈高坐堂前，儿孙们一个个按照次序，双膝下跪，额头着地叩三个头，这才叫拜过了年。不过，我们都很喜欢，因为拜过年后，长辈都是要给压岁钱的。这可是一年中收获最大的时候。小伙伴凑到一块，总会兴奋地数着自己的压岁钱。

刚开始过年的几天，大家都忙着拜年，一个个包着雪枣酥糖的纸封子是过年前就办好的，上面贴一张红签。还有更讲究的，是用印刷精美的纸盒子作包装，再提上两瓶酒、一块肉，作为拜年的礼品。当然拜年

① 火厢：南方天气冷的时候，会用一种比较大的木箱，底下放陶盆生火，上面坐人烤火取暖，称为火厢。

也有习俗，必须按照“初一崽、初二郎，初三初四拜舅娘”的顺序。我们小孩子也喜欢跟着大人去拜年，一是凑热闹，二是有好东西吃，有时还可以得到红包。但拜年也是很麻烦的事，规矩很多，逢人必笑脸相迎，双手打拱，并说“恭喜发财”。凡是接到红包、礼物，都得躬身收下，回复“得宝、得宝”。我有一位同学在大年初一出生，故小名就叫“得宝”。

当然，过年也不是家家户户都大方的。有句老话叫穷人怕过年，其实是怕应酬的开销大。比如说，人家上门拜年，总得摆上几个碟子吧。有钱的人家摆上一桌碟子也不费劲。可家里穷的，就摆不出来。有一次，我跟爸爸到一位远亲家里去拜年，走进低矮阴暗的房子，主人热情地端上了好几个碟子，中间小碟里摆的是酥糖和雪枣，旁边大碟里是花生、蚕豆、红薯片。我伸手去拿酥糖，却发现酥糖用绳子串在了一块，爸爸看见了，连忙打了一下我的手，我这才发现主人尴尬的表情。

从远亲家里出来，爸爸就教训起我来：“你这孩子，家里不是有酥糖吃吗？”可我还是茫然地望着爸爸，为什么会有绳子串起的酥糖？爸爸这才告诉我：“这叫摆食，是不能吃的。”原来穷人家买不起茶食，只是拿出来做做样子的。后来我才知道，有的农村连过年吃的鸡和鱼也是摆食。

拜年一直到初五、初六，算是告一段落。常言道：“拜年拜到初七八，洗了坛子抹了塔。”人们又开始准备闹花灯了。

最忙的当然要数纸扎铺，各家各户都要到纸扎铺里定做灯笼。我家附近有一条小巷子，人们称它“灯笼巷”，住的全是纸扎匠。每年这时候是他们最忙的时期，巷子里到处挂着灯笼。

扎灯笼的材料是提前准备好的。竹子、糨糊、各种色纸，一应俱全。我最喜欢到纸扎铺里，看匠人们扎彩灯。他们先把一根根楠竹锯去竹脑壳、竹尾巴，再破开，除去竹黄，又把竹青破成篾片、篾条，再用皮纸条把篾条扎成各种造型的灯笼架子，然后糊上各种颜色的纸，很快就做成了各式彩灯，有猪灯、羊灯、鸡灯、鸭灯、青蛙灯、蝴蝶灯，也有南瓜灯、莲花灯、百合灯、玉米灯，栩栩如生，五彩缤纷。我最喜欢的是跑马灯，八边形的灯笼里，纸剪的骑马小人儿竟会神奇地跑动。那时小镇上的全利绸庄、同济堂药店、和记金号门前，都有跑马灯。我常常痴痴地仰望着跑马灯，想不通那些纸马儿为什么会跑。

好不容易等到正月十五，店家们忙着准备鞭炮和红绸子。小镇上的大人小孩匆匆吃了元宵就往大街上跑。人们早在街道两边摆起了桌子、椅子，等着看灯。道路两边店铺的骑楼上更是人满为患。我们这些不安分的小孩子像游鱼一样，在大街上的人群中窜来窜去。

傍晚时分，天边的彩霞尚未褪尽，表演队伍就上街了。“来了！来了！”随着一声声尖叫，大街两边的人群开始骚动。耳边果然隐隐约约传来阵阵锣鼓声，间或还有“嗵——”一声铳响，空气中弥漫着热烈的气息，地也随之晃动了起来。

最先映入眼帘的是舞动的流星。几个腰扎白澡巾的大汉，每人手里握着一根长绳子，长绳子的一端系着一个比拳头稍大的铁丝织成的篓子，里面装满燃烧的木炭。大汉奋力地挥甩着长绳子，木炭上下飞舞，火星四处飞溅，连夜空都被点亮。接着是手拿响篾的队伍，他们拼命地摇动着手里的响篾片，响篾片啪啪啪地响着，为后面的队伍驱开一条通道。

然后是彩灯队、高跷队，扮成各种戏剧人物的演员踩着一人高的高跷，鹤立鸡群似的走过来，他们中有武松，有关羽，有唐僧，有孙悟空，还有苏三。再是由一条大竹缆子围成的一个圈，四周许多彪形大汉

架着。圈子里是打扮得鲜亮夺目的演员。体面的店家连忙用竹竿挑着鞭炮在半空中炸响，表示接灯。只听一声哨响，圈子停了下来，最先上场的是采莲船。只见脸庞红润的采莲女，迈着娇滴滴的碎步，一边摇着采莲船，一边唱着："采莲船呀哟哟，划得快呀呀喝唆。采莲蓬啦呀喂子哟，来拜年哪哟喝……"

大家都爱看地花鼓：一对男女，女的娇艳动人，男的鼻子上涂着白粉，他们一边唱着"正月里来正月正，夫妻双双去观灯"，一边风趣地打情骂俏，很受观众欢迎；当唱到"妹妹子呀咿呀喝唆"时，全场会随声和唱。当然，最受欢迎的是渔翁戏蚌，蚌仙由小孩子扮演，还有一个头戴斗笠、腰间挂着鱼篓的渔夫，蚌仙在用竹篾织成的、缠着彩纸的蚌屋里，渔夫在蚌屋外戏耍蚌仙，然后在蚌屋一开一合的缝隙间，将蚌仙一网捕获。尽管这故事情节十分简单，而且妇幼皆知，观众却百看不厌。

还有舞狮的队伍。耍狮子的人都要经过特别训练，他们一般都会功夫，平地上耍狮子自不必说，有的还要在小小的四方桌上蹦来跳去。舞艺精湛的甚至可以在木桩上后空翻。

耍龙的讲究更多。过年的龙，分摆龙和耍龙两种。

摆龙很有气魄，长达几十米，且制作精细，一般都用红色或黄色的绸缎制作，龙头威武、霸气。这种龙是造势的，给人观赏。耍龙则不同，耍龙是专门用来表演的，需要用结实的布料做龙身，龙头较小且不易破碎。只见导龙者舞动手中的龙珠，耍龙就跟着上下起舞，如蛟龙闹海，热闹非凡。记得小时候为了看耍龙，我会不知疲倦地赶上十几里路。

舞狮耍龙是民间传统习俗，江南塞北都可以见到。故乡过年时的耍春牛却是独有的。这种耍春牛还是当年移居到小镇的宝庆船民带来的。耍春牛就三个人，两个人扮牛身，一个人当牛头，牛头是用竹木架子做成的，两只长长的角格外突出。牛身就是一匹白布，牛尾有个小骨架，由人掌着。耍春牛很简单，实际上就是春耕劳作的戏剧化，连那“喝叱叱”的唱腔也与实际生活没多大差别，主要表现了人们对勤恳劳作的耕牛的尊敬。

人们最喜爱的还是虾子起拱，这是家乡特有的娱乐项目。那种用木头架子和竹篾片扎成的大虾子，至少有 20 米长，用整匹整匹的白布撑起来。虾子的眼睛就有水桶大，一根根大楠竹做成的虾须也有十多米长。几十上百个头扎白毛巾的汉子，拥着那个庞然大物走过来，人群止不住一阵欢呼。这时候，大的店家为了讨一个吉利，早就准备好了鞭炮和彩绸。因为在家乡，起拱就是兴旺发达的意思。看见大虾子来了，就有人跑过去，把彩绸系在虾须上，并放起了鞭炮。每当这时，人们就会发出狂热的呐喊："虾子起拱哟！"于是，虾头处发出一声哨响，大虾子停下来，随着三声哨响，大家按照各自的分工，抓虾须的往上耸，把虾腰的往下压，掌虾尾的向上送，然后舞虾人高呼："虾子起拱！"近百人的队伍同时朝四方使劲，巨大的虾须朝天竖了起来，人群中爆发出一阵惊天动地的喊声。鞭炮声，欢呼声，雷鸣一样，观众潮水一般拥向大虾子，声浪恨不得把一条街都抬起。

虾子起拱把过年的气氛推向了高潮。

过了正月十五，年就算过完了，小镇上的人们又重新忙碌于各自的生计。而我们这些孩子们也开始期待着下一个新年了。